紅の笑み・七人の死刑囚

レオニード・アンドレーエフ
徳弘康好 訳

Леонид Николаевич Андреев
Красный смех / Рассказ о семи повешенных

未知谷
Publisher Michitani

目　次

紅の笑み・七人の死刑囚

紅の笑み

第一章

断片一

……狂気と恐怖。

私が初めてそれを感じたのは、ある街道を行軍している時だった——我々はもう十時間もの間、休みなく、立ち止まることもなく、歩みを緩めることも、倒れた者を助けることもなく、敵の元に置き去りにして行軍を続けていた。敵軍は途切れることがないほどの大軍で、我々の後方三、四時間ほどの距離を行軍しており、その足で我々の足跡を消し去ってしまうのだ。燃えるような暑さだった。何度だったかは、分からない。四十度か五十度か、あるいはそれ以上。分かっているのは、それがずっと続くこと、絶望的なまでに均一で、根が深いということだけだった。太陽はひどく大きく真っ赤で、恐ろしく、まるで太陽が地球に接近し、その容赦のない炎で燃やし尽くそうとしているようだった。目が見えなかった。小さな眼球は縮こまり、ケシの実のように小さくなって、閉じた瞼の覆いの下でむなしく影を求めていた。太陽は薄い皮膜を貫通し、血のような光線をくたくたの脳髄へと送っていた。幾分かましになるということで、私は長い間、ひょっとしたら数時間、周囲で部隊が移動するのを聞きながら、瞳を閉じたまま行軍していた。人や馬の重々しく不規則な足音、小さな石を砕く車輪の軋《きし》み、誰かの病的な激しい呼吸音と乾いた唇が立てる水気のないぱさぱさぱさという音。だが、そこに言葉はなかった。まるで行軍しているのは唖の部隊であるかのように誰もが黙り込み、倒れる者も黙ったまま転倒し、他の者は、その身体に躓《つまず》いて倒れても、振り返ることもなく黙って立ち上がり、そのまま先へと進んでいく――言葉を発さない彼らは目も見えず、耳も聞こえないかのようだった。私自身、何度か躓いて倒れ、我知らず目を開けた――そこで私が見たものは野蛮な幻想、重苦しい熱病に浮かされて判断力を失った大地だった。赤熱した空気が震え、音もなく、路傍の石はまるで今にも流れ出さんとするかのように震えていた。遠くの曲がり角まで人々が列をなし、大砲と馬は地面から浮き上がり、ゼリーのように音もなく揺れ――あたかも行軍しているのは人間ではなく、肉体を持たない影であるかのようだった。間近に迫ってくる巨大で恐ろしい太陽は、各々の持つ砲身やバックルに何千もの小さな眩《まばゆ》い太陽を燃やし、白熱するほどに熱された銃剣の先端のように熱く、そして白く、鋭く、横や下、全方位から目を射してきた。心身を消耗させる、焼けつくような暑さは身体の最奥、骨や脳髄まで浸透し、ときどき、肩の上で揺れているものが頭ではなく、何か奇妙で不思議な球体、重いような軽いような、よそよそしい恐ろしいもののように思わせた。

そんな時――そんな時に、突如として頭に浮かんだのが夢のことだった。部屋の隅の青い壁紙の一片、机の上に置かれた埃をかぶった手つかずの水差し――私のサイドテーブルは一本の脚が他の二本よりも短いため、折り曲げた紙きれを下に敷いていた。そして、隣の部屋には、視界には映っていないが、妻と私の息子がいる。叫べるものなら叫んでいただろう――それほどまでに、このシンプルで平和な光景、青い壁紙の一片、埃だらけの手つかずの水差しは、この場所には似つかわしいものではなかったのだ。

手を上げて立ち止まっていたらしい、誰かに押された私は、速やかに前方へと歩を進め、人ごみをかき分けて何処かへと急いだ。すでに暑さも疲れも感じていなかった。私は延々と続く沈黙の列の間を縫って進んでいった、赤く日に焼けた後頭部のそばを通り過ぎ、力なく垂れ下がった熱い銃剣にぶつかりそうになりながら、私は何をしているのだ、こんなに急いでどこに行こうというのだと考え――そこで私は立ち止まった。先ほどと同じように急いで向きを変え、開けた空間へ飛び込み、窪地に入り込むと、恐る恐る石に坐った。まるで、このざらざらとした熱い石が私の探し求めていた全てであるかのように。

その時、初めて私はそれを感じたのだ。私ははっきり理解した、太陽が照り付ける中、疲労と暑さで死にかけながら、よろめき倒れながらも、黙して行軍する彼らこそが、狂気なのだ、と。自分たちがどこに行くかも、どうして太陽があるのかも、彼らは何も知らないのだ。

彼らの肩に乗っているのは頭ではなくて、奇妙で恐ろしい球体なのだ。ほら、一人、私のようにあわてて隊列に入り込み、倒れた、ほらまた一人、また一人。ほら、顔いっぱいに歯を剥き出しにして笑みを浮かべ、理性のない血走った目をした馬の頭が群衆から飛び出した、恐ろしく異常な鳴き声がちらりと聞こえ、飛び上がったかと思うと倒れてしまった。その場所には少しの間、人が集まり、立ち止まり、しゃがれた、かすかな声と短い銃声が聞こえ、再び、沈黙した。終わりのない移動がまた始まった。すでに一刻の間、私はその石に坐っていたが、周囲ではすべてのものが動いており、大地、空気、彼方の幻影のような隊列たちが一様に揺れていた。心身を消耗させる、焼けつくような暑さが再び私の内部に這入ってきて、私は、さきほど目の前に現れ、私のそばを通り過ぎていったものが何なのか、それが誰だったのかも、すでにわからなくなっていた。一時間前には、私はこの石の上に独りで坐っていたはずだが、今では私の周りには灰色の人の群れが集まって来ていた。ある者たちは横たわったまま動かなかったので、おそらく死んでいるのだろう。他の者は茫然として腰を下ろし、通り過ぎる者たちを私のように眺めていた。ある者たちは銃を持った兵士のようだった。他の者たちはほとんど裸だが、その肌は赤黒くなるほど真っ赤で、見るのもためらわれるほどだった。私のそばには、男が裸のままうつ伏せになって横たわっていた。石の先が細く、熱くなっているのにも意に介さず、顔を押し当てている様子や、ひっくり返した掌の白さから見るに、彼は死んでいるようだったが、その背中の赤さはまさに生者のそれで、ただ燻製肉のように黄味がかった色合いだけが死を物語っていた。私は彼から離れたかったが、余力もなかったため、よろめきながらも途切れることなく移動し続ける、幻影のように揺らめく隊列をただ眺めていた。自分の頭の状態については分かっていた、私はすぐに日射病になるだろう、だが、それを夢の中のように心穏やかに待つことにしよう、夢の中では死は素晴らしい、複雑なイメージの一段階に過ぎないのだから……

人ごみの中から一人の兵士が離脱し、決然とした様子で我々の方へ歩いてくるのが見えた。少しの間、彼は窪地に姿を消していたが、そこから這い出ると、またこちらに歩き出す。その足取りは不安定で、自分のバラバラになった体を集めようとしている最後の何かといったものを感じた。彼があまりにまっしぐらにこちらに歩いてくるので、私の脳を支配する重苦しいまどろみを貫き、私は驚き、訊ねた。

「どうしたのですか？」

巨体であごひげを生やし、ボロボロの襟をした彼は、その言葉を待っていたかのように立ち止まった。彼は銃を携帯しておらず、ズボンはボタン一つで留められており、綻びからは白い身体が見えていた。彼の手足はちぐはぐで、まるで動きを一致させようとしても上手くいかないといった具合だった。合わせようとした腕は、すぐにバラバラになってしまうのだ。

「なんですか？　坐らないのですか？」私は言った。

しかし、彼は立ったまま、近づくこともせず、黙ったまま私を見ていた。思わず私は石から立ち上がり、よろめきながらも彼の目を見た——そこには底なしの恐怖と狂気があった。ここでは誰もが目を細めていたが、彼はめいっぱいに瞳を見開いていた。その大きな黒い窓からは、火の海が見えたことだろう。もしかすると、と私は思った、もしかすると、その瞳には死の他には何も映っていないのではないか、と——しかし、違った。この鳥のように細いオレンジ色の円に囲まれた、黒い、底なしの瞳には死よりも大きな、死の恐怖よりも大きな何かが垣間見えていた。

「消えろ！」後ずさりしながら私は言った。「消えろ！」

その言葉を待っていたように、彼は私に向かって倒れこみ、私の足を掴んだが、依然として巨大で、ちぐはぐで、言葉はなかった。私は身震いして、足にまとわりついた腕を振りほどき、逃げ出そうとした——どこか人のいない、日当たりが良く、人気のない、揺らめくような彼方へ。その時、左側の上空で銃声がどんと響き、それに続いて、すぐにもう二発の銃声が聞こえた。頭上のどこかから、歓喜に満ちた、多数の声が入り混じった金切り音や悲鳴、怒号とともに、榴弾が飛んできた。

追いつかれたのだ！

死にそうなほどの暑さも、恐怖も疲れも、すでになかった。私の意識は明瞭で、思考も明白で鋭敏だ。私が息を切らせて整列した列に駆け寄ると、晴れ晴れとした、まるで喜んでいるような顔が見え、しわがれているが、はっきりとした声や命令、冗談が聞こえてきた。太陽は邪魔にならないようにと高く上り、輝きを失い、静かになっていた――再び魔女のような歓喜に満ちた金切り音を響かせて、榴弾が空気を切り裂いた。
　私は歩いていった。

断片二

　……ほぼ馬と砲手だけになっていた。八番部隊も同様だった。我々の十二番隊の中で、三日目までで残った銃は三丁――残りは破損してしまった――そして、六人の砲手と将校である私が一人だけ。もう二十時間、我々は眠ることも食べることもできていない。この三日の間、悪魔のような咆哮と悲鳴が我々を狂気の雲で包み、大地から、空から、そして自分たちから――生者から私たち自身を引き離し、夢遊病者のように辺りをさまよわせた。死者たちは静かに横たわっているというのに、我々は動き回り、仕事をし、語り合い、あまつさえ笑ったりして、まるで夢遊病者のような有様だ。我々の働きは確固として迅速で、命令は明確、確実に実行している――だが、もし、各々にお前は誰だと聞いたなら、朦朧とした思考の後、かろうじて返事が返ってくる有様だっただろう。夢の中のように、すべての顔は見知ったものので、すべての出来事も同じようにずっと前から見知ったことであり、わかりきったものですでに過去に起きたことであった。だが、誰かの顔や武器に注目し、轟音に耳を澄ませてみろ――その目新しさや果てしない謎に驚くだろう。夜は気付かぬうちに訪れているが、そのことを理解することも、いつ夜が来たのかと驚くこともできないまま、私たちの頭上には、もうすでに太陽が再び燃え始めている。部隊への来訪者から話を聞いて初めて戦闘が三日目に突入したことを知ったのだが、そのこと自体も、すぐさま忘れてしまった。我々には、この三日間は終わりも始まりもない、時に暗く、時に明るい、しかし一様に理解不能で出口のない一日が進行していたように思えた。そして、誰もが死を恐れることはなかったが、それは死が何なのか、誰一人として理解できなかったためだった。

しかし、三日目の夜か、四日目の夜かは定かではないが、胸壁の後ろで横になり、目を閉じていると、すぐに瞳の中に見知った、尋常ならぬ幻影が浮かび上がった。青い壁紙の一片とサイドテーブルの上の埃をかぶった手つかずの水差しだ。隣の部屋には、姿は見えないが妻と息子がいるのだろう。しかし、今度はサイドテーブルの上には、緑の笠が付いたランプが灯っていたので、夕方か夜ということだ。幻は消えることなく留まり、私は長い間、とても心安らかに、ひどく注意深く、水差しのガラスの中で揺れ動く炎を眺め、壁紙を眺めながら、なぜ坊やは眠っていないのだろう、あの子はもう眠る時間なのに、と考えていた。それから、もう一度壁紙を、その壁紙の渦巻き模様の一つ一つ、銀色の花々や格子模様や管を眺めた――よくこんなに覚えているものだとは、少しも思わなかった。時々、目を開けては美しく燃えるようなオーロラと黒い空を眺め、再び目を閉じると、以前と同様に壁紙や輝く水差しが見え、なぜ坊やは眠っていないのか、もう眠る時刻なのに、と考えるのだった。一度、私の近くで榴弾が爆発し、何かが私の足を揺さぶり、誰かが大声で、爆発そのものよりも大きな声で叫んだので、私は「誰かが死んだ！」と思ったが、起き上がることも青い壁紙と水差しから目を離すこともしなかった。

その後で起き上がり、歩き回っていても、指示を出し、敵兵の顔を見、銃口を向けて狙いを定めていても、なぜあの子は眠らないのだろう、とずっと考えていた。一度、騎乗砲兵にそのことを訊ねると、砲兵は時間をかけて私に何かを説明してくれたので、我々は互いにうなずき合った。彼が笑うと、その左眉が痙攣し、その目は後ろにいる誰かにむけて、ずるそうに目配せしていた。だが、後方には誰かの足の裏が見えるだけで、他には何もなかった。

この時点で辺りは、すっかり明るくなっていた――そこに突然、雨が降り出した。雨は、我々と同じ、まったく取るに足らない水滴たちだ。突然の雨は、まったく時宜を得ないものだったので、ずぶ濡れになるまいと我々は武器を放り出して、射撃も止めて、行き当たりばったりに身を隠し始めた。先ほどまで話し合っていた砲兵は、砲架の下に隠れ、毎秒、圧死する可能性があるというのに、そこで居眠りを始め、太った砲兵下士官はなぜか死体を脱がし始め、私は、あわてて何か――傘かレインコートだと思う、を探してうろうろとあたりを動き回っていた。押し寄せる暗雲から雨が滴るこの広大な空間全体に、一斉に異常なほどの静寂が訪れた。遅れてきた榴散弾が弾けて轟音を響かせると、辺りは静かになった――あまりに静かで、太った砲兵下士官のヒューヒューという吐息や、雨粒が石や武器を打つ音が聞こえてくるほどだった。この秋を思わせるパラパラと打つ静かな雨音や濡れた地面の匂い、静けさ――それは血の滴る野蛮な悪夢を一瞬、引き裂いたかのようだった。雨に濡れて輝く武器に目を向けると、思いがけず奇妙なことに、私は少年時代や初恋のような、何か愛しい、静かなものを思い出した。しかし、遠くから最初の銃声がひときわ大きく響くと、瞬間的な魅惑の静寂は霧散してしまった。太った砲兵下士官が誰かを怒鳴っている。銃がけたたましい銃声を響かせ、続けて二番目の銃声が響くと、再び血に塗れた、抜け出しがたい霧が疲労困憊の脳髄を覆っていった。雨が止んだことに気付いた者はいなかった。ただ、死んだ砲兵下士官のむくんだ黄色い顔から雨水がしたたり落ちてきていることから、おそらく、雨はかなり長い間、降っていたようだった……

……私の前に立っている若い志願兵は、「二時間だけ持ちこたえてくれ、そうすれば増援がくるはずだ、と将軍がおっしゃっていました」と、小手をかざして報告してきた。私は、あの子はなぜ眠らないのだろうか、と考えていたが、「いくらでも持ちこたえてみせますよ」と答えていた。だが、彼の顔がなぜか私の興味を引いた。おそらく、異常で驚くほど蒼白だったからだろう。これほど白い顔は見たことがない。死人でもまだ、このひげのない若者の顔よりは赤いだろう。我々のところに向かう途中、彼はひどく不安になり、立ち直ることができなかったのだろう。彼は小手をかざしたままだったが、その習慣的で単純な動作で、気の狂いそうな恐怖を追い払おうとしているのだ。「怖いのか?」彼の肘をつかみ、私は訊ねた。しかし、その肘は木のようで、彼自身は静かに微笑んだまま黙っていた。いや、正確に言えば、笑顔が引きつっているのは、その唇だけで、目には若さと恐怖以外の何物もなかった。

「怖いのかい?」私は愛情をこめて、繰り返した。

彼の唇は引きつり、何かを喋ろうとするのだが、その瞬間に、何か理解できない、ぞっとするような、不可思議なことが起きた。右頬に暖かな風が吹き、私をひどく動揺させた――すると、眼前にあった青白い顔の代わりに、何か短く、鈍く、赤いものがあった。まるで栓を抜かれた瓶のように、状態の悪い看板がペンキを滴らせるように、そこから血が流れ出していた。その短く、赤い、血を流すものの中には、まだなにがしかの笑いが、歯のない――紅の笑みが残っていた。

そこで分かったのだ、この紅の笑みを。私はこの紅の笑みを探し求め、ついに見つけたのだ。今こそ私は理解した、あのずたずたに損傷した奇妙な遺体の中に何が入っていたのかを。それは紅の笑みだ。それは空にあり、太陽にあり、すぐに地表全体に広がっていくだろう、この紅の笑みは!

そして、彼らは夢遊病者のように明瞭で、冷静で……

断片三

恐怖と狂気。

友軍からも敵軍からも精神疾患者が出始めているという噂だ。すでに四棟の精神病棟が新設された。私が司令部に行くと、副官がそこに案内してくれた……

断片四

……それはちょうど蛇のように絡まっていた。彼は鉄条網の尖った先が空気を切り裂き、三人の兵士に絡みついているのを見たという。棘は制服を破って体に突き刺さり、兵士たちは悲鳴を上げながら狂ったように、のたうち回った。早くも死んでしまった一人を残りの二人が引きずっていった。後に生き残ったのは一人だけ、彼は死んだ二人を自分から押し退けようとしたが、引きずり回され、互いの上に積み重ねられた二人は彼の上にのしかかり――そして、不意に全員が動かなくなった。

彼によれば、この鉄条柵だけで少なくとも二千人は亡くなっているという。鉄条網を切断しようとする者たちが、その蛇のとぐろに絡まっている間に、銃弾と榴散弾の雨が止むことなく彼らに降り注いだ。恐怖はすさまじいもので、もし、逃げる方向さえ知っていたなら、この突撃はパニックによる逃亡で終わったことだろうと、彼は断言した。しかし、十から十二の途切れることのない列をなす鉄条網と格闘し、先の尖った杭が待ち受ける落とし穴の迷路の中でめまいを感じる中、方向を判断することなど、まったく不可能なことだった。

盲目のように漏斗型の深い穴に落ちた者たちは、鋭い杭によって腹から吊るされ、もがくさまは、踊っているおもちゃのピエロのようだ。彼らは新しい死体に押されていき、落とし穴はすぐに縁までいっぱいになり、血塗れの生者と死者の身体がうごめく山へと姿を変える。地面のいたるところから手が伸びており、その指はぴくぴくと収縮し、この罠に落ちた者を誰彼かまわず掴み、抜け出すことができないようにする。何百というカニのハサミのように力強く、盲目の指が足をつかみ、衣服にしがみつき、自らの上に他人を引き倒すと、眼を刺し窒息させる。多くの者は酔っ払いのように鉄条網へと、まっすぐに駆け寄って、しがみつき、銃弾が彼らの命を終わらせるまで叫び続けるのだ。

彼には、皆が酔っぱらっているように見えたという。鉄条網が彼らの手足に絡みつくと、ある者は口汚く罵り、またある者は笑い、どちらもすぐに死んだ。彼自身、朝からずっと酒など一献も飲んでいなかったのだが、非常に奇妙な具合だったという。頭は惑乱し、恐怖は一分ごとに獰猛なほどの歓喜に――そして歓喜は恐怖へと代わるのだった。隣の誰かが歌い始めると、一緒になって唱和し、足並みのよくそろった合唱隊が即座に結成された。何を歌っていたのかはわからない、何かひどく陽気な、舞踊曲だったそうだ。そう、彼らは歌っていた――周囲は血塗れで真っ赤だ。空自体も赤く見え、宇宙に破局、奇妙な変化、色彩の消失が起きたのではないか、と思えたそうだ。青や緑、その他、馴染みのある静かな色は消え、太陽は赤い花火のように輝いていた。

「紅の笑みだな」私は言った。

だが、彼には理解できなかったようだ。

「そう、笑っていた。さっき言ったとおりだ。まるで酔っ払いさ。もしかすると、ダンスだって踊っていたかもな、何かがあったのだよ。少なくとも、あの三人の動きは踊りに似ていた」

胸を撃ち抜かれた彼は地に伏したのだが、意識を失うまでにはいくらか間があり、まるで踊るようにふらふらと脚を動かしていたことをはっきりと覚えているそうだ。そして今、その突撃を思い出してみると、彼は奇妙な感覚にとらわれるという。恐ろしいという感覚と、もう一度、同じ体験をしたいという願望だ。

「胸にもう一度銃弾を受けたいのか？」私は訊ねた。

「そうだな、何度も胸に銃弾を受けたいというわけじゃない。勇敢さに対する勲章というものは、素晴らしいものだろう、同志よ」

仰向けになった彼の肌は黄色く、鼻は尖り、頬骨も突き出ており、目は落ち窪んでいた――横たわる姿は、まるで死人だというのに、勲章を夢見ている。その身体からは膿が湧き、ひどい熱を出し、三日後には死体が入れられる穴に捨てられるだろうに、横たわった彼は夢見心地に微笑み、勲章について語っているのだ。

「おふくろさんに電報は送ったか？」と訊ねた。

彼は驚いたようだったが、陰気で憎悪に満ちた視線を私に向け、返答はしなかった。私も黙り込み、負傷者たちのうめき声とうわごとを聞くことになった。しかし、立ち去ろうと私が腰を上げると、彼は熱に浮かされた、しかし、まだ力強い手で私の腕を掴み、途方に暮れたように、物悲しげで、熱がこもり落ち窪んだ目を私に向けた。

「これは何だ？　どういうことだ、これは？」おずおずと、だが、執拗に彼は私の腕を引っ張りながら訊いてきた。

「何のことだ？」

「だから全体としてさ……この全てだよ。だって、おふくろは俺を待っているんだぞ？　俺にはできない。祖国と言っても、お前は母親に説明できるか、祖国ってなんだ？」

「紅の笑みだよ」私は返答した。

「おい！　お前にとっては全部冗談かもしれないが、俺は真剣なんだ。説明しなくちゃならないんだよ、お前はおふくろに説明できるか？　おふくろになんて書けばいいか、わかったらなぁ！　なんて書けばいいんだ！　知らないかもしれないが、おふくろの言葉はつまらないものでな、お前は……」そこで彼は不思議そうに私の頭を指をさし、突然、笑って言った。「お前、禿げているな。気付いているのか？」

「ここには鏡なんてないだろ」

「ここには白髪とハゲばっかりだ。なぁ、俺に鏡をくれよ。なぁ！　頭から白髪が生えているような気がするんだ。鏡をくれよ！」

彼が熱に浮かされ、号泣し始めたので、私は救護所を後にした。

その夜、我々は宴を催した——それは、もの悲しい、奇妙な宴で、客たちの間には死者の影があった。我々は夕方に集まり、家でピクニックするようにお茶を飲むことにした、サモワールも出すし、レモンやコップだって出す、木陰でピクニックとか家族の団らんのように宴会をするのだ。一人、二人、三人と仲間たちが集まり、会話や冗談を交え、陽気な期待で胸を一杯にして、騒々しく触れ合った。だが、すぐに黙り込んでしまって、互いに視線を避けるようになった。この生き残りたちの集まりには、何か奇妙なところがあったのだ。服はボロボロで汚らしく、重度の疥癬《かいせん》持ちのようにひっかき傷を作り、髪は伸び放題、やせ細り、見知った馴染みのある面立ちを失い、まるでサモワールを囲むこの会で、今初めてお互いに知り合ったといった具合に——互いを見ては驚いてしまう。私は、この茫然とした人の群れの中に見知った顔をむなしく探し求めたが、探し求めたものはなかった。集まった人々は落ち着きなく、そわそわと足をゆすり、人とぶつかるたびにびくりと身を震わせ、ずっと背後の何かを探し、互いを視界に入れようとせず、謎めいた空白を過剰な身振りで埋めようとしていた——新参者で、異質な、私の知らない人々だった。声までまるで違って、途切れがちでせわしなく、言葉をしゃべるのも困難で、些細なことで悲鳴や意味不明で制御不能な笑いへと簡単に代わってしまうのだった。すべてが異質だった。木々も異質、夕日も異質、水も異質、異質な匂いと味がして、まるで我々は死者と共に地上を後にして異界――怪奇現象と不吉で陰気な亡霊の世界へやってきたようだった。夕日は黄色く、冷たかった。上空には黒く、何者にも照らされることのない、じっと動かない暗雲が重く垂れこめており、夕日の下の大地は黒く、その不気味な光の中では、我々の顔は黄色く、まるで死人のようだった。我々は全員、サモワールを眺めていたが、火が消え、側面に夕日の黄色と脅威が反射し、異質で、死人のような、理解できないものになってしまっていた。

「ここはどこなのだろう？」誰かが訊ねた声には、不安と恐怖が響いていた。

誰かがため息をついた。誰かが発作的に指を鳴らし、誰かが笑い、誰かが飛び起きて、テーブルの周りを歩き回った。ほとんど走るような勢いで歩き回り、時に奇妙に黙り込み、時に奇妙に何かをつぶやいている人々と頻繁にぶつかっていた。

「戦場だよ」と笑う人が答え、また鈍く、長い笑い声をあげたが、笑い声はまるで窒息しているようだった。

「何を笑っているんだ？」誰かが憤慨した。「聞けよ、止めろと言っているんだ！」

すると、彼はもう一度、窒息するような、ひーひーという笑い声をあげて、大人しく黙った。あたりは暗くなり、暗雲が大地を圧迫し、我々はお互いの黄色い、幽霊のような顔も見分けることが難しくなった。誰かが訊ねた。

「ボティクはどこだ?」

〈長靴《ボティク》〉──我々がそう呼んでいたのは、防水加工の大きなブーツを履いていた背の低い将校だった。

「あいつなら、さっきここにいたぞ、ボティク、どこだ?」

「隠れるなよ、ボティク! お前の靴の匂いなら、すぐわかるんだぞ」

その場にいた全員が笑い出したのだが、笑い声を遮り、暗闇から荒々しい、憤慨した声が響いた。

「止めろ、恥ずかしくないのか。ボティクは今日、偵察中に殺されただろ」

「あいつは今しがたまで、ここにいたぞ。そりゃ、なにかの間違いだろ」

「お前には、そう見えたんだろ。なあ、サモワールに集まっているみんな、さっさとレモンを切ってくれよ」

「俺も! 俺も!」

「レモンはこれで全部だ」

「おい、どういうことだよ」悲しげで、ほとんど泣き出さんばかりの静かで恨めしい声が響いた。「俺がここに来たのはレモンのためだってのに」

また誰かが鈍く長く笑ったが、今度は止める者もいなかった。だが、すぐに声は止んだ。

もう一度、ひーひーと笑って、黙ったのだ。誰かが言った。

「明日は突撃だな」

すると、いくつかの声がいらいらと叫んだ。

「やめろ！　なにが突撃だ！」

「お前らも知っているだろう……」

「やめろ、他にしゃべることもないのさ。ちくしょう！」

夕日が消えた。暗雲が上空へと昇り、なんだか明るくなったようで、顔も勝手知ったものに戻り、我々の周りを回っていた者たちも落ち着いて、腰を下ろした。

「今、家はどんな様子だろう？」ぼんやりと訊ねた声には、笑ったことに対する罪悪感のようなものがにじんでいた。

するとまた、すべてが恐ろしく、理解を拒む、異質なものに見え——その不気味さは、ほとんど意識を失いそうになるほどだった。我々はすぐに会話を始め、あくせくと動き回り、グラスを動かし、お互いの肩や腕、膝に触れあったが——すぐに黙り込んで、理解不可能なものに屈することになった。

「家だって？」誰かが暗闇から叫んだ。声は興奮と恐怖、憎しみでかすれ、震えていた。まるで喋り方を忘れてしまったかのように、せり出してきた言葉たちが彼の口から発せられることはなかった。「家だって？　そりゃ、どんな家だ、だって、どこかに家があるんだろう？　邪魔しないでくれ、さもなきゃぶっ倒してやるからな。家では毎日風呂に入っていたな、わかるか、風呂の縁まで湯をたっぷり張るんだ。それが今じゃ、毎日顔を洗うこともない、俺の頭にゃ、かさぶたが出来ている、疥癬かなにかだろう、全身がかゆくてな、身体中でどんどん皮がむけていくんだ……俺が汚れでおかしくなりそうだってのに、お前は何だ——家だって！　俺は畜生だ、自分を軽蔑している、自分ってものがわからない、死ぬのだって、まったく怖くない。あんたの榴散弾で俺の頭はぐちゃぐちゃだよ、頭が、だぜ！　どこに撃ったたって、俺の頭に命中さ——なのにお前は——家だって？　なんて家だ？　通り、窓、行きかう人々、だが、今の俺だったら外には出ないだろうな——恥ずかしいよ。あんたらはサモワールを持ってきたかもしれないが、俺は恥ずかしくて見てられないね。そのサモワールがさ」

そこでまた笑いが起こった。誰かが叫んだ。

「悪魔のみぞ知る、だ。俺は家に帰るぞ」

「お前は家ってものが何かわかってない！」

「家だって？　おい、聞いてくれ、こいつは家に帰りたいんだとよ！」

全員の笑い声と恐ろしい叫びが起きた——そして、再び黙り込み、理解不可能なものに屈した。我々の人数は問題ではない、私だけでなく全員がそれを感じていたのだ。それは暗く謎めいた、異質な荒野から来たものであり、道に迷い、忘れ去られた者たちが石の間で死にゆくような、深く黒い渓谷から湧きあがったものであり、異質でこれまで見たことがないような空から降り注ぐものだった。恐怖で度を失った我々は、黙ったまま火の消えたサモワールを囲んで立ち、上空からは、万物の上に立ち昇った形のない巨大な影がじっと静かに我々を見つめていた。不意に、我々のすぐそば、おそらく、連隊長がいる場所で、まるで夜と静寂の間に湧きあがったように音楽が、狂ったような陽気さの轟音が流れ出した。狂ったような陽気さで、挑みかかるように流れる音楽は、慌ただしく、音もそろっておらず、過剰なほどに騒々しく陽気だったので、演奏している者や聞いている者も我々と同じように、この万物の上に浮かび上がった、形のない巨大な影を見ているように思えた。

オーケストラの中でトランペットを吹いている者は、すでに自らのうち、脳髄や耳朶の内に、巨大で物言わぬ影を抱えているようだ。断続的に壊れた音が放たれ、飛び交い、彼方から此方へと駆けていく――単調で、恐怖に震える、狂った音が。他の音たちは、まるでその音を眺めているようだ。それほどに彼らはぎこちなく、よろめいて転んでは起き上がり、バラバラになった群衆といった体で走り回っていた。過剰なほどに騒々しく、過剰なほどに陽気で、ひょっとすると忘れ去られ、道に迷った人々が今も石の間で命を落としているかもしれない、あの黒い峡谷にあまりにも似たものだった。

我々は長い間、火の消えたサモワールを黙って囲んでいた。

断片五

……すでに私は眠っていたのだが、医者が慎重な手つきで私を揺り起こした。我々は目を覚ますと、悲鳴を上げるのだが、私も例に漏れず、目を覚ますと飛び起き、悲鳴を上げてテントの出口へと駆け出した。しかし、医者は私の腕をつかみ、謝罪した。

「驚かせてしまったね、すまない、君が寝ていたいということは分かっている……」

「もう五日も……」呟いた私は、早くも眠気に襲われ、まどろみ、眠ってしまった。医者がわき腹や足を揺り動かして、再び話を始めるまで、ずいぶん間があったように私には思えた。

「緊急なんだ、君、お願いだ、緊急なんだ。私が見るに……私には無理らしい。どうも、まだ負傷者がいるようなんだ……」

「負傷者がどうしたっていうんです？　あなたは一日中あいつらを運んできているじゃないですか。そっとしておいてください、不公平だ、私はもう五日も寝ていないのですよ！」

「ねえ、君。怒らないでくれ」呟く医者は気まずそうに私の頭に制帽を被せた。「みんな眠っていて、起きてくれないのだ。機関車と客車七台は手に入れたのだが、人手が足りん。わかっている……私も寝てしまうかと不安だ。いつ自分が意識を失ってしまうかも分からない。多分、幻覚も見え始めている。ねえ、足を下ろして、そう、片方ずつ、そう、そう……」

医者は顔も青白く、舟を漕《こ》いでおり、もし彼が横になったら、ぶっ通しで何日も寝続けることは一目瞭然だった。視線を下ろすと、フラフラと足がもつれ、道中——不意に、予想外のところで、所かまわず寝入ってしまうだろうと確信できるほどだった。目の前に機関車と客車の黒いシルエットが現れた。暗闇の中ではあったが、数名が周囲をゆっくりと無言で巡回しているのがぼんやりと見えた。機関車にも客車にもランタンは一つも付いておらず、あるのは閉じられた風穴から道床へと落ちる赤みがかった薄暗い光だけだった。

「なんですか、こりゃ?」後ずさりながら、私は訊ねた。

「我々が行くからだよ。忘れたのか? 我々は行くのだ」医者が呟いた。

夜間は寒く、彼は寒さに震えていた。彼を見ていると、私自身も全身がぶるぶるとひっきりなしに震えているのを感じた。

「そんなこと知るものか!」私は叫んでいた。「他の奴じゃダメなのか……」

「静かに、お願いだ、静かに!」医者が私の腕をつかんだ。

暗闇から誰かの声がした。

「なら、すべての銃を一斉射撃だ、そしたら誰も動かなくなるだろ。あいつらも寝ているしな。寝ている奴らに近付いて縛り上げることもできる。今、歩哨の所を通り過ぎてきたのだがな。あいつ、俺が通っても何も話しかけてこなかったし、動きもしなかったぞ。たぶん、あいつは寝ているのだろうな。落っこちたりしない限りは、な」

そう言った彼があくびをすると、衣擦れの音がした。どうやら身体を伸ばししているらしい。

客車に乗り込もうと、腹ばいになったのだが――すぐに眠気が襲ってきた。誰かが私を後ろから持ち上げて寝かせてくれたが、私はなぜか彼を足で押し退けてしまった――再び眠りに落ち、夢の中にいるように、会話の断片が聞こえた。

「七露里のところだ」

「灯りは点けないのか?」

「いや、点かない」

「こっちへ来てくれ。少し後ろ。そう」

客車がその場で振動し、何かを叩くような、トントンという音がした。その音のお蔭で横になっていた私はだんだんと快適で落ち着いた状態になり、眠気が消えた。しかし、今度は医者が眠ってしまい、腕をとっても、まるで死者のそれのようにしおれ、重かった。列車はすでにゆっくりと慎重に動き出しており、道を手探りするように、わずかに震えていた。学生衛生兵がろうそくでランタンに火をともし、壁とドアの黒い穴を照らすと、怒ったように言った。

「なんてこった! 我々には彼が必要なのです。はっきりと目を覚ますように起こしてください。そうしないと何もできません、自分でも分かっているはずです」

我々が医者を揺り動かすと、彼は着座の姿勢になり、さっと辺りを見回した。もう一度眠りに就きたかったようだが、我々がそうさせなかった。

「ウォッカでも飲めればいいのですが」学生が言った。

コニャックを一口飲むと、眠気は完全に消えた。黒の大きな四角形をしたドアはピンク色になったかと思うと、赤に変わった――どこか丘の向こうで、大きな火事が音もなく起きたらしく、まるで深夜に太陽が現れたようだった。

「遠いな、二十露里くらいか」

「寒い」歯をガタガタ鳴らしながら、医者が言った。

学生はドアの外を見て、私を手招きした。見ると、地平線のいたる所に、物言わぬ鎖のように、同じような、動かぬ炎が照り返し、まるで太陽が一度に十個も昇ったかのようだった。もはや暗くはなかった。彼方の丘が濃く、黒くなり、その破線と波線がはっきりと描かれ、近くのものはすべて、物言わず動くことのない赤い静かな光に満たされていた。私は学生を見た。その顔も、空気と光に姿を変えた血の紅い幽鬼的な色に染まっていた。

「負傷者は多いのか？」私は訊ねた。

彼は手を振った。

「負傷者よりも発狂者が多いですよ」

「本物なのか？」

「他にどんなものがいるというのです？」

彼は私を見つめていたが、その静止したままの目は獰猛で、日射病で亡くなった兵士のように冷たい恐怖に満ちていた。

「止してくれ」私は言って顔をそむけた。

「ドクターも狂っていますよ、ねえ、彼を見てください」

医者は話を聞いていなかった。彼はトルコ人が坐るように足を組んで坐り、身体を揺らし、唇と指先を静かに動かしていた。その目もまた動くことなく、茫然として、驚いたような虚ろな表情をしていた。

「寒い」そう言って、彼は笑った。

「あんたら、みんな地獄行きだ！」叫んだ私は客車の隅へと後ずさりした。「なんで私を呼んだんだ？」

答える者はいなかった。学生衛生兵は音もなく勢いを増す炎の輝きを見つめていた。その巻き毛の生えた首筋は若々しく、見ていると、なぜだか、髪を梳かす女性の細い腕が頭に浮かんだ。想像は不快なもので、私は学生衛生兵を憎み、嫌悪感なしに彼を見ていることができなくなっていた。

「君は何歳だ？」私が訊ねたが、彼は振り向くことも返答することもしなかった。

医者は揺れていた。

「寒い」

「考えることがあるのです……」彼は振り向かずに言った。「どこかに通りや家や大学があると……」

彼はそこで、すべてを話し終えたかのように話を中断して黙ってしまった。

列車が急に停車したので、危うく壁に身体を打ちつけるところだった。声が聞こえた。我々は外へ飛び出した。機関車の前の道床に何か、小さな塊のようなものが足を突き出していた。

「負傷者か？」

「いや、死んでいます。頭が切断されていますね。まぁ、好きにしてください、私は前方のランタンに火を入れてきます。そうしないとまた轢《ひ》いてしまう」

足を突き出した塊は脇へと放り投げられた。彼の足は一瞬、頭上へと放り出され、まるで空中を駆けていこうとするかのようだったが、すべては黒い溝に消えていった。ランタンに火がともされ、たちまちに機関車は黒に染まった。

「何か聞こえるぞ！」恐怖に息を殺した誰かがささやいた。

なぜ、もっと早く気が付かなかったのだろう！　いたるところから――正確な位置を特定することはできなかったが――抑揚のない、ひっかくようなうめき声が聞こえてきた。響く声は驚くほど穏やかで、無関心に思えるほどだった。我々は数多の悲鳴やうめき声を聞いてきたが、それは今までに聞いたことのないような代物だった。辺りは赤みを帯び、おぼろげな目では何も捉えることはできず、うめき声は大地や空、空まで昇らぬ太陽の輝きが発しているように思えた。

「五露里のところですね」運転手が言った。

「あそこからだな」医者は手で前方を指した。

学生衛生兵は身震いして、我々の方を振り向いた。

「どうしたのです？　こんなもの聞いていてはいけませんよ！」

「移動するぞ！」

機関車の前を歩く我々から、途切れのない長い影が道床へと伸びていた。影は、黒い空の方々にある、じっと動かない光を受け、黒ではなく、ぼんやりと赤みを帯びていた。我々が一歩々々足を踏み出すごとに、この発生源の分からない――まるで真っ赤な空気や大地や空自体が叫んでいるような、聞いたこともない野蛮なうめき声は、不気味さを増していった。途切れることのない、奇妙なほどの単調さは、ちょっとの間、牧草地で鳴くキリギリスを思い出させた――一定のリズムで鳴く、夏の牧草地のバッタの情熱的な鳴き声だ。死体に出くわす頻度が徐々に増えていった。我々はさっと検分し、道床から放り出す――この無関心で穏やかで生気のない死体には、横になった部分に血が溜まって出来た、油染みに似た暗い斑点があった。最初の内は死体の数を数えていた我々だが、こんがらがるので止めてしまった。死体は多かった――こんな不吉な夜に多すぎるくらいだ、冷気が吹き、存在の一つ一つの粒子がうめき声をあげるような夜には。

「なんなのだ、この音は！」医者は叫び、誰かを拳で脅していた。「聞こえる……」六露里地点まで来ると、うめき声はより一層はっきりと鋭いものとなり、歪んだ口がうめき声を出しているのが早くも感じられた。幻影のような光で惑わすバラ色の霧をおずおずと覗き込むのとほぼ同時に、道床の下から、誰かの訴えかけるような、泣くようなうめき声が聞こえてきた。負傷者はすぐに発見された、顔には目しかない——そう思えるほどに、ランタンの光が当たった彼の顔は目が見開かれていた。彼は呻《うめ》くのを止め、我々とランタンを交互に見つめるばかりだった。その視線には人と灯りを見つけたことで、狂わんばかりの喜びと、すべてが幻のように瞬時に消えてしまうのではないか、という狂わんばかりの恐怖があった。もしかすると、すでに一度ならずランタンを持って覗き込む人が現れ、血と恐怖の悪夢に消えていく夢を体験していたのかもしれない。

我々が先へと向かうと、すぐに二人の負傷者に出くわした。一人は道床の上に横たわり、もう一人は溝の中で呻いていた。彼らを拾うと、怒りに震える医者は私に向かって言った。

「どうだ?」医者は背を向けた。また少し進んだところで、我々は片足をかばっているが自力で歩けるくらいの軽傷者と出くわした。彼は頭を反らし、まっすぐこちらに向かって歩き、道を譲るために脇へと避けた我々にも気が付いていないようだった。どうやら我々を見ていないらしい。機関車の辺りで彼は少し立ち止まり、機関車を避けて客車沿いに歩いて行った。

「乗りなさい！」医者は叫んだが、彼の返答はなかった。

このことで我々は初めて恐怖を覚えた。それから我々は道床の上や、その周辺で、ぞくぞくと負傷者と出くわすようになった。じっと動かない赤い、火事の輝きに満たされた平原は、まるで生き物のように蠢《うごめ》き、大きな叫び声や悲鳴、呪詛と断末魔に沸き立っていた。暗い塊たちは籠から放たれた眠そうなザリガニのように、蠢き、這いずり、がに股で奇態な格好をして、断続的で漠然とした動作と重く動かない様子は人間にはとても見えなかった。ある者は言葉もなく従順だったが、ある者は呻き、泣き、罵声を上げ、彼らを救っているはずの我々を憎み、その憎しみは、まるで血みどろの無関心な夜や、闇と死体の中での孤独や、ひどい怪我は我々が作り出したかのように苛烈だった。すでに客車には十分な空きはなく、我々の衣服は血の雨の中に長い間立っていたように全身、血に塗《まみ》れ、その間にもえんえんと負傷者は運ばれ、生きた平原となって、おずおずと蠢いているのだった。自力で這ってくる者もいれば、よろめき、ころびながら歩いてくる者もいた。ある兵士などは、ほとんど走るように我々に近寄ってきた。顔は重傷で、目は片方しか残っておらず、恐ろしいほど激しいやけどを負い、風呂から出てきたみたいに裸だった。彼は私を押しのけると、その目で医者を探し当てると、すばやく左手で胸ぐらをつかんだ。

「お前の顔を殴ってやる！」叫んだ彼は、医者を揺さぶりながら、卑猥な罵詈雑言を、長々と辛辣に喚《わめ》くのだった。「その面《つら》、殴ってやるからな！　この、ろくでなしめ！」

医者は兵士を踏みつけながら逃げ出し、息を詰まらせて叫んだ。

「裁判にかけてやるからな、悪党め！　懲罰房行きだ！　私の仕事の邪魔をして！　この悪党！　畜生め！」

二人は引き離されたが、兵士は長い間叫んでいた。

「ろくでなしが！　その面をぶん殴ってやるぞ！」

私はすでにくたくたで、隅へ引っ込んでタバコを吸って休憩することにした。血の乾いた手は黒い手袋を着けたみたいに、指を曲げるのも一苦労で、タバコとマッチを落とす始末だった。タバコの煙は、とても新しい奇妙なものに感じ、後にも先にも味わったことのないような特別な味に思えた。学生衛生兵がこちらに近付いてきた。彼はここに派遣された人間で、どこだったかは思い出せないが、何年か前に彼と出会っているような気がした。歩く。彼はまるで行進するかのように、しっかりとした姿勢で、視線は私を貫き、どこか遠く、高い場所を見つめていた。

「奴ら、眠っていますよ」そう言った彼は、まるで完全に平静であるように思えた。

私は自分が非難されたように激怒した。

「彼らが十日間も獅子のように奮戦したのを忘れてしまったのか」

「奴らは、眠っているのです」私を越えた所の高みを見ながら、彼は繰り返した。それから私に向かって屈みこみ、指で脅す仕草をしながら、先ほどと同じように乾いた、穏やかな口調で続けた。

「あなたに言っているのですよ、あなたに」

「なんだって？」

彼はさらにかがみこみ、意味ありげに指で脅す仕種をして、まるで完成された思考であるかのように繰り返すのだった。

「あなたに言っているのです、あなたに。あれを渡してください」

そう言って、私を厳しく見つめながら、もう一度、指で脅した彼はリボルバーを引き抜き、こめかみを撃ち抜いた。だが、私は目の前で起きたことに驚きも恐怖もなかった。タバコを左手に持ち替え、傷口を確認し、客車へと向かった。

「学生が自分を撃った、だが、まだ生きているようだ」私は医者に言った。

彼は頭を抱えて、呻いた。

「ああ、しまった……！　もう置く場所もないというに。あそこにいる奴も自分を撃とうとしている。正直に言えば」激怒し、威嚇するように叫んだ。「私もだ！　そうさ！　お願いがある——歩いて行ってくれんかな。場所がないんだ。罵ってくれてもかまわない」まだ叫び続ける彼から顔をそむけ、私は、今自殺しようとしている男の元へ向かった。どうやら、この看護兵も学生らしい。彼は額を客車の壁に当てて立っており、肩はすすり泣きで震えていた。

「止めるんだ」私は震える肩に触れながら言った。

しかし、彼は振り向かず、答えることもなく泣いていた。その後頭部は、先ほどの学生衛生兵と同じように若く、ゆえに恐ろしくもあった。酔っぱらいが嘔吐するように馬鹿みたいに、がに股で立っていた。首筋には血が付いていた――おそらく手で触ったのだろう。

「どうした？」私は性急に言った。

彼は客車から飛び降り、頭を下げると、老人のように背を丸め、我々の元から去り、暗闇へと消えていった。何故だか分からないが、私は彼の後を追い、我々は客車から離れて長い間歩いた。彼は泣いているようだった、私自身もさびしくなって、泣きたくなった。

「止まるんだ！」私は立ち止まって叫んだ。

だが、彼は歩き続けた。重苦しく足を交互に出し、背を丸めている様は肩幅の狭い、足を引きずる老人に似ていた。しばらくして彼は光が照らすこともないような赤みがかった霧の中に消えていった。私は一人、取り残された。

左の、すでに私からは遠い場所に薄暗い灯りの列が浮かんだ――列車が去っていくのだ。私は死にゆく者と死んだ者たちの間で独りだった。まだどれくらい彼らはいるのだろうか？私のそばにいるのは動くことのない死者たちだが、彼方の平原は生きているように蠢いている――私が独りでいるために、そう感じるだけかもしれないが。しかし、呻き声は止んでいない。呻き声は大地に広がり――かん高く、絶望的で、子供の泣き声か、捨てられて凍える数千匹の子犬たちの鳴き声のようだった。鋭く、尽きることのない氷の針が、脳髄に入り込み、ゆっくりと前へ後ろへ、前へ後ろへと動いていた……

断片六

……あれは友軍だった。先月、友軍と敵軍の両方が、あらゆる命令や計画を破壊しながら作り上げた、奇妙な混乱の真只中で、我々は敵である第四部隊が迫ってきている、という情報を得た。双眼鏡で我々の制服がはっきりと見分けられたときには、みな、もうしっかりと突撃の準備はできていたほどだ。しかし、十分後には疑念は、穏やかで幸福な確信に変わっていた。あれは友軍だ。彼らも我々に気が付いたようだった。彼らが我々に向かってくる様子は全く穏やかなものだった。その穏やかな動きには、我々が感じているものと同様の、予期せぬ邂逅に対する幸福な微笑《ほほえ》みを感じさせた。彼らが発砲し始めると、我々はしばらくの間、それが何を意味するのかも分からないまま微笑んでいた――榴散弾と銃弾が雨あられと我々に降り注ぎ、すぐに何百人もの兵士に命中している中でさえ、である。誰かが、間違えたのだと叫んだ――私は、はっきりと覚えている――我々はその制服が敵軍のものであり、友軍のものではないことに気が付き砲弾に反撃することとなった。この奇妙な戦いが始まってから、おそらく十五分が経過したころ、私の両の足が爆発し、気が付いた時には野戦病院で、足は切断されていた。

私は戦闘がどのように終わったのかと訊ねたが、返ってくるのは、はぐらかすような慰めだけで、私は我々が負けたのだと悟った。続いて私は足がないという喜びでいっぱいになった、これで家に帰れるのだと。なんにせよ、私は生きている――長い間、それこそ、永遠にも。だが、わずか一週間で、私はいくつかの詳細を知り、疑念と新たな、いまだ経験したことのない恐怖に駆られることとなった。

どうやら、あれは友軍だったのだ――友軍たちによって友軍の大砲から放たれた榴弾が私の足を爆破したのだ。そのうえ、どうしてこんなことが起きたのかは誰も説明ができなかった。何かが起こり、何かが視界を暗くし、同じ軍隊の二つの隊が一露里を隔てて向かい合い、一時間にわたって互いを殺し合ったのだ、敵軍を攻撃していると完全に信じ切ったまま。この出来事を思い出すのは辛いらしく、言いよどみ――なによりも驚くべきなのが、この話をする者の大半が今に至るまで、この間違いを認識していない、ということだった。より正確に言えば、ことが起きたのは後のことであり、最初は敵軍に対処していたが、敵軍は皆が大騒ぎしている間にどこかに隠れ、我々を銃弾の雨の下に置いたのだ、と考えているらしい。中には公然とその認識を語り、もっともらしく、明瞭な事実に思えるような詳細な説明をする者もいた。私自身、なぜこのような奇妙な行き違いが起きたのか、確信を持った説明はできない。なにせ、最初に見た友軍の赤い制服も、次に見た敵軍のオレンジの制服も同じようにはっきりと見えたのだ。どういうわけか、この戦闘についてはすぐに忘れられ、間違った認識が本当の戦闘として語られ、まったくの誠実な心から書かれた報告が多数、送付されることになった。私がそれを読めたのは、すでに家に帰ってからだった。我々のような、その戦闘での負傷者は、最初、少し奇妙な扱いを受けることになった——他の戦闘の負傷者のように同情されることが少なかったのだ。もっとも、状況はすぐに改善されたが。通信で書かれていた新しい事件、そう、敵軍の二つの部隊が互いを全滅寸前になるまで戦いあい、夜には白兵戦にまで及んだという情報だけが、私にこの報告が間違いだったと考える権利を与えてくれた。

私の足の切断手術を行った医者は、ヨードホルムとたばこの煙、それにフェノールの匂いがして、黄味がかった灰色のまばらな口ひげの向こうから、いつも何かに向かって微笑んでいる、痩せて骨ばった老人で、その人が目を細めて私にこんなことを言った。

「家に帰れるなんて、よかったね。それに何かおかしい」

「なんですって？」

「そう、何かおかしい。私たちのころはもっと単純だったよ」

彼はほぼ四半世紀前に起きたヨーロッパの最新の戦争の参加者であり、しばしば嬉しそうに戦争のことを回想していた。しかし、彼には今回の事件が理解できないらしく、私が気付いたところでは、恐怖さえ覚えているようだった。

「ああ、おかしなことだ」ため息をつき、眉をひそめた彼はタバコの煙に隠れた。「私だって、戦場から逃げただろうさ、もし可能ならね」

私の方へ身を屈め、煤だらけの黄色い口ひげの向こうから囁いた。

「もうすぐ、その時が訪れる。誰も戦場から逃げられない時がね。私だけじゃない、誰もが、だ」

私は間近に迫る老人の瞳に、同じように静止した、理性を失ったような驚いた表情を見た。何千もの建物が崩壊する景色に似た、恐ろしく耐えがたいものが私の頭の中で明滅し、私は恐怖に寒気がして呟いた。

「紅の笑みだ」

彼は私の言葉を理解できた最初の人間だった。彼は忙《せわ》しげにうなずき、請け負った。

「そうだ、紅の笑みだ」

私の間近に坐った彼は、辺りを見回すと、鋭い灰色のひげを動かして、さらに早口にささやいた。

「言っておくよ、すぐに逃げるんだ。精神病院の患者たちを見たことがあるかな? ない? 私はある。彼らは健常者と同じように戦うのだ。わかるかな、健常者と同じように、だよ!」

彼は意味ありげに、何度かこの言葉を繰り返した。

「それが、どうしたんです?」驚いた私は老人のように小声で訊ねた。

「どうもしないさ、健常者と同じなんだ」

「紅の笑みだ」

「やつらは水で引き剝がせる」

私は、我々を驚かせた雨を思い出し、激高した。

「先生、あなたは狂っている！」

「お前さんほどではないよ、少なくとも、それ以上ではない」

彼は老いて鋭くなった膝をつかむと、ひひひと笑い、肩越しに私を横目で見て、乾いた唇に先ほどの突発的で不快な笑いの余韻を残しながら、私にいたずらっぽく目配せしてきた。まるで我々二人だけが誰も知らない、とてもおかしなことを知っているかのように。それから魔術の達人が奇術を披露するような厳粛さで、手を高く上げると、流れるように手を下げて、二本の指で毛布の、切断されていなければ私の足があった場所を注意深く触れた。

「これの意味が分かりますかな？」彼は秘密めかして訊ねた。

そして、同じように厳粛で意味ありげに、負傷者たちが寝かされているベッドの列を手で示し、繰り返した。

「これが何か、説明できますかな？」

「負傷者です」私は言った。「負傷者でしょう」

「そう、負傷者」彼も木霊のように繰り返した。「負傷者。足のない者や腕のない者、内臓の破裂した者や胸の潰れた者、眼球が壊れた者。わかるかな？　大変結構。では、これも分かるかな……？」

年齢からは想像できないような柔軟さで、彼は後ろ向きに倒れると逆立ちになり、空中でバランスをとった。白衣が下へとめくれ、顔には血が上っているようだったが、奇妙な逆さまの視線をじっと私に注いだまま、やっとのことで切れ切れの言葉を投げかけてきた。

「これも……わかる……かな？」

「止めてください」驚いた私はささやいた。「でなきゃ、叫びますよ」

彼はひっくり返って、自然な態勢に戻ると、再び私のベッドに坐り、一息をつくと、教え諭すように指摘した。

「誰もこのことを理解しない」

「昨日も銃撃がありました」

「昨日も銃撃はあったし、三日前もあった」彼は肯定するように頭を振った。

「私は家に帰りたいのです！」悲哀を込めて私は言った。「ねえ、先生、私は家に帰りたいのです。私はここには残れません。あんなに楽しかった家の存在も、私は信じられなくなっているのです」

彼は私が足を失ったことを考えている。私は自転車に乗ることが好きだった、歩くことも走ることも好きだった、だが、今では私には足がない。右足で息子をゆすると、あの子は笑っていた、だが今は……呪われてしまえ！　なぜ私がこんなことに！　私はまだ三十歳だぞ……呪われてしまえ！

私は自分の足、素早く、力強い足のことを思い出し、泣いて、泣いて、泣き叫んだ。誰が私から足を奪ったのだ、誰がこんなことをできたのだ！

「聞いてくれ」医者は辺りを見回しながら言った。「昨日、発狂した兵士が我々の所に連れてこられたのを目撃したのだがね。敵の兵士だったよ。ほとんど裸で、殴られ、ひっかき傷だらけで、獣のように飢えていた。彼は我々と同じように全身毛に覆われており、野蛮人や原始人、それか猿のような見た目をしていた。彼は手を振り、顰《しか》め面を作り、歌い、叫び、喧嘩を吹っかけてきた。えさを与えて、野原に追い出したよ。どこに置けるというのだ？奴らは、昼も夜もボロボロで、不吉な幽霊のように丘を行きつ戻りつ、あらゆる方向へと、道も目的も、隠れる場所さえなく、さまようのだ。手を振り、笑い、叫び、歌い、誰かに遭遇すれば喧嘩を吹っかけるか、あるいは互いに気付かずに素通りして。彼らは何を食べるのだろうね？　おそらく何も食べていないのだろう。もしくは一晩中、丘で喧嘩や遠吠えをする、あの食べ過ぎて肥えた野犬や獣と共に死体を食べるのだろう。夜になると、嵐で目を覚ました鳥や醜い蛾のように、火に集まる、焚火を起こしてみろ、三〇分もすれば凍えた猿に似た、騒々しい、ぼろを着た野蛮人たちが集まることだろう。彼らは偶然か、故意によって射殺されることもある。彼らの発する訳の分からない、恐ろしい叫びに耐えられなくなるのだろうね……」

「家に帰らせてくれ！」私は耳を塞いで叫んだ。

だが、まるで脱脂綿に染みていくように、新たな恐ろしい言葉が、私の疲れた脳髄に低く、ぼんやりと穴を穿つ。

「……彼らの数は多い。彼らは知的で健康な人のために作られた罠や落とし穴、有刺鉄線と杭の残骸で死ぬこともある。彼らは正常で合理的な戦闘に入り込み、戦う。英雄のように常に前線に立ち、死を恐れない。しかし、しばしば自身を殺してしまう。私は彼らが好きでね。今はまだ、気が狂いかけているだけだから、ここに坐って貴方に話すこともできるのだが、もし理性が最終的に私を見放す時が来たら、私は野に出るつもりだ――野に出るのだ。大声で叫ぶ――大声で叫ぶのだ。私は勇士たちを、恐れを知らぬ騎士たちを自分の下に集め、全世界に宣戦布告してやるのだ。音楽と歌を旅の道連れに、陽気な一団となった我らが町や村に入ると、すべてが赤く、すべてが炎のように舞い踊り出す。命尽きぬ者は我らに加わり、我らの勇敢なる軍隊は雪崩のように勢いを増し、世界を浄化していく。誰が殺してはいけないと、火を放ってはいけないと、略奪してはいけないと言ったのか……？」

声はすでに叫び声になっていた。この狂った医者は、その叫びで、胸や内臓がつぶれた者や目をやられた者、手足を切り落とされた者たちの中に眠っている痛みを呼び起こそうとしているようだった。彼方へと響くような、不安を誘う、泣き叫ぶ呻き声を病室に満たすと、青白いのや黄色いの、窶《やつ》れた顔や目のない顔、地獄から戻ってきた怪物のような奇怪なものまで、あらゆる者が我々へと視線を寄越してきた。彼らは呻き声を上げながら聞いていた。開かれたドアから、世界へ出現した、黒く形のない影と共に腕を伸ばした狂った老人が叫ぶのを。「誰が殺してはいけないと、火を放ってはいけないと、略奪してはいけないと言ったのか……？　我らは殺し、奪い、火を放つ。陽気で屈託のない勇敢な一団である我らはすべてを破壊する。家も大学も、博物館も。火のような笑みでいっぱいの陽気な子である我らは廃墟の上で踊るのだ。精神病院は我らの故郷であると宣言しよう。私たちと敵たちと狂った者たち、そしてまだ狂ってない者たちすべてにとっての故郷である、と。そして、偉大で無敵な、喜びに満ちた私が唯一の支配者であり、主として世界に君臨すれば、なんと楽しい笑い声が全世界に響くことだろう！」

「紅の笑みだ！」私は言葉を遮って叫んだ「助けてくれ！　紅の笑い声がまた聞こえてくる！」

「友よ！」話を続ける医者は、すでに呻き声を上げる、歪んだ影へと姿を変えていた。

「友よ！　我らの上には赤い月と赤い太陽が訪れ、獣たちも陽気な赤い毛皮を着ることになるだろう。白すぎる動物の、白すぎる動物の皮は剝いでやるのだ……あなたは血を飲んでみたことはあるかな？　それは少し粘り気があって、生暖かく、けれど、赤い、血はとても陽気で紅の笑いをしているのだよ……！」

断片七

……神もなく、法もない。赤十字は聖物のように世界から尊敬されており、兵士も護衛もつけていなかった、生き残った負傷者を乗せて列車が走っているのを見つけたら、地雷が埋まっていることを警告すべきだったのだ。かわいそうな奴らだ。もうすでに家に帰りついたときを夢見ていたことだろう……

断片八

サモワール、それも蒸気機関車のように蒸気があふれ出る、本物のサモワール、周りはランプのガラスさえ曇るほどの蒸気だ。カップも同様に、外側は青、内側は白というとても美しいカップで、まだ結婚したばかりのころに贈られたものだ。妻の妹――とても素敵で優しい女性がくれたものだ。

「みんな無事かな?」いぶかしげに訊ねた私は、コップの中の砂糖を清潔な銀のスプーンでかき混ぜた。

「一人負傷しているわ」ぼんやりと妻は言った。水道栓が出しっぱなしになっており、熱湯が見事に、いとも容易《たやす》くほとばしり出ていた。

私は笑った。

「どうかした?」弟が訊ねた。

「そうだな、いや、もう一度私を書斎に連れて行ってくれないか? 英雄のために働いてくれよ! 私がいなくて、怠けてたろう、休暇はもう十分だ、今度は、お前を締め上げてやるぞ!」もちろん、冗談だ。私は歌い出していた。「我らは勇敢に、敵へ、戦場へと、友よ、駆けていくのだ……!」

彼らは私の冗談を理解して微笑んでいたが、妻だけは顔を上げなかった。きれいに刺繍されたタオルでコップを磨いていた。私は、書斎で青い壁紙や緑の笠をかぶったランプ、水の入った水差しが置かれたサイドテーブルを再び見た。水差しは少し埃をかぶっていた。

「水道から水を入れてくれないか」私は陽気に注文した。

「あなた、今、お茶を飲んでいるじゃない」

「いいんだ、いいんだ。注いでくれ。それと」妻に向かって私は言った。「子供を連れて、少しの間、この部屋にいてくれないか。頼むよ」

私は一口ずつ堪能しながら水を飲み、視界には映っていないが、隣の部屋には妻と子供がいる。

「ああ、いいな。さあ、こっちへ来てくれ。しかし、なんでこの子はこんなに遅くまで起きているんだろうね?」

「あなたが帰って来てくれて嬉しいのよ。さ、お父さんの所へ行ってきなさい、坊や」

けれど、息子は泣き出して、母親の足元に隠れてしまった。

「なぜ、あの子は泣いているんだい？」私は当惑して、辺りを見回した。「なぜ、みんな青白い顔をして、黙ったまま、影みたいに私の後をついてくるんだい？」

弟は大声で笑って、言った。

「僕たちは黙ってなんかないよ」

妹も繰り返した。

「私たち、ずっと話しているわよ」

「夕飯は私が支度しようかね」母が言って、あわてて出て行った。

「いや、君たちは黙っているよ」思いがけず、確信をもって私は繰り返した。「朝からみんなの声を聞いてないぞ。私だけがしゃべって、笑って、喜んでいる。私に会えて嬉しくないのか？ それに、なんで私を見るのを避けるんだ、私はそんなに変わったか？ まぁ、変わったか。鏡も見てないからな。お前らが取り外したのか？ 鏡をここに持ってきてくれ」

「今、持ってきますね」と答えた妻だったが、なかなか戻ってこず、鏡は小間使いが持ってきた。私は鏡を覗き込んだ――すでに客車や駅で鏡は見ていたのだが――その顔は、少し年老いているものの、いつも通りの、同じ顔だった。彼らは、どういうわけか、私が悲鳴を上げて気絶してしまうと思っていたらしい。私が冷静に訊ねるのを、とても喜んでいた。

「これの何が珍しいんだ？」

みな、ますます大声で笑い、妹は急いでその場を立ち去り、弟は自信たっぷりに冷静に言った。

「そうだね、何も変わってない。少しはげたくらいだ」

「頭がまだ残っているだけ、ありがたいよ」淡々と答えた。「けど、みんなどこへ逃げているんだ、一人消えたと思ったら、また一人。部屋を回りたいから連れて行ってくれないか。この車椅子は便利だな、全然うるさくない。いくらしたんだ？　もう金を惜しみはしないぞ、自分に脚を買ってやるんだ、もっといいのは……自転車だな！」

自転車は空気の入ってないタイヤを外されていたが、まだほとんど新品の状態で壁に掛けられていた。後部車輪のタイヤには汚れが付着していた——前回私が乗った時のままだ。弟は黙ったまま、車椅子を押さなかったが、私にはその沈黙と躊躇《ためら》いが理解できた。

「我々の隊で生き残っているのは、たったの四人だけだ」私の声は不機嫌だった。「私はとても幸運なんだ……それはお前が持って行ってくれ、明日にも、だ」

「ああ、持って行くよ」弟は大人しく従った。「それに、本当に運がいいよ。こっちじゃ街の半分が喪に服している。足は、そうだな……」

「もっとも、私は郵便局員じゃないからな」

弟は突然立ち止まって、訊ねた。

「なんで頭が震えているんだ?」

「たいしたことないさ、医者は治ると言っていたぞ！」

「腕も？」

「そうそう、腕も、だ。すべて治る。連れて行ってくれないか、じっとしているのに疲れてしまった」

不機嫌な人々に私はうんざりさせられた。だが、喜びがふたたび戻ってきた。私のために寝床の準備が始められたのだ——本物の寝床、美しいベッド、私が結婚する四年前に購入したベッド。清潔なシーツを敷いて、枕を叩いて柔らかくし、毛布で包む——私はその厳粛な儀式を眺め、私の目からは笑い泣きで涙がこぼれた。

「さあ、服を脱がして、寝かせてくれ」私は妻に言った。「なんてすばらしいんだ！」

「今行くわ、あなた」

「急いでくれ！」

「今すぐ、あなた」

「どうしたんだ？」

「今すぐ、ね」

彼女は私の背後、トイレの近くに立ち、私は振り向き、彼女を見ようとしたが、できなかった。突然、彼女は叫んだ、それは戦場でしか聞けない類の叫びだった。

「なんてことなの！」こちらへ身を投げ出し、私を抱きしめたかと思うと、隣に倒れ、切断された脚に頭を隠したかと思うと、ぞっとしたように身を離し、再び倒れ伏すと、この切れはしに口づけをした。

「どんなにつらかったでしょう！　だって、あなたはまだ三十歳で。若くて、凛々しくて。なんてことなの！　なんて残酷なのかしら。なんのために？　誰に必要なことなの？　あなた、私の温和で、私のかわいそうな、私の愛する、愛する……」

叫び声を聞いて、彼ら全員、母も妹も乳母も駆け寄ってきて、全員泣きながら、何かを言いながら、私の足元に身を屈めて泣くのだった。敷居にいた弟の顔色は青白く、ほとんど真っ白なほどで、顎を震わせて、かん高い声で叫んだ。

「君たちといると、気が狂いそうだ！　気が狂ってしまう！」

車椅子へと這ってきた母は、もう泣いてはおらず、かすれた声を出すだけだったが、車輪に頭を打ちつけていた。叩いてふかふかにした枕、それに毛布にくるまれた清潔なベッド、あれは、私が結婚の四年前に買ったものだ……

断片九

私は熱い湯の入った浴槽に浸かっていた、弟は小さな部屋を落ち着きなく歩き回り、坐ったかと思うと立ち上がり、石鹸とタオルを手に取り、近眼の目を近付け、再び元の場所に置いた。それから壁に向かって立つと、漆喰を指でほじりながら、熱心に語り続けた。

「考えてみてくれよ、十年や百年という刑罰を与えることなしに同情や知性や論理を教えるなんて――意識を与えることなんて不可能だ。大事なのは意識だ。肉屋や、ある種の医者、軍人のように無慈悲になることも、感受性を失うことも可能だ、血と涙と苦しみを見ることにも慣れてしまう。だが、真理に気が付いてなお、それを拒否することは可能だろうか？僕としては、不可能だと思う。僕は子供のころから動物をいじめてはいけない、思いやりを持つようにと教わった。今まで読んできた本にも書いてあった。僕はあの忌まわしい戦争で苦しんでいる人たちに心から同情している。だけど時が経てば、僕はこの死や苦しみ、血についても慣れていく。そう思うんだ。普段の生活じゃ、僕はそんなに感受性も強くないし、反応も鈍いから、ひどく強い刺激にしか反応しない。けれど、戦争という要素自体に僕が慣れることはない、根本において狂っているものを理解することも、説明を聞くことも僕の頭脳が拒んでいるんだ。何百万という単位の人間が一か所に集まって、自分の行動に正当性を与えようとしてお互いに殺し合っている、皆一様に痛ましく、一様に不幸だ――これは何だ、狂っているからなのか？」

弟は振り返り、近眼の、ややあどけなさの残る瞳を私に向けた。

「紅の笑みさ」私は陽気に言って、水面を叩いた。

「僕は真実について話しているんだよ」弟は信頼したように冷たい手を私の肩に置いたが、むき出しの濡れた肩に驚いたように、すぐに手をどけてしまった。「僕は真実を話しているんだよ。僕は気が狂うのが、とても怖い。僕は今起きていることが理解できない。理解できないことは、恐ろしい。もし、誰かが僕に説明してくれればいいのだけど、誰もできない。兄さんは戦争に行った、戦争を見てきたわけだ——説明してくれよ」

「ほっておいてくれよ！」冗談めかして水面を叩き、私は言った。

「兄さんも同じか」弟は悲しげに言った。「誰も僕を助けることはできない。恐ろしい。何が可能で、何が不可能なのか、何が理性的で、何が狂気なのか、わからなくなってきた。もし今、兄さんの首をつかんで、最初は愛撫するように静かに、それから次第に強くして窒息させたら、どうなるかな！」

「お前はたわごとを言っているんだ。誰もそんなことはしないよ」

弟は冷たい手を擦り合わせ、静かに微笑むと続けた。

「兄さんがまだ向こうにいた頃、眠れない夜を何回か過ごしたけど、そんなとき、奇妙な考えが頭に浮かんだよ。斧を取って、みんなを殺すのさ、母さんも、妹も、使用人も、僕たちの犬も。もちろん、これは単なる空想だ、僕は決して実行しない」

「そうだといいな」私は水面を叩き、笑った。

「それに僕はナイフや鋭利な光る物が全て怖い。もしナイフなんか手に取ったら、間違いなく誰かを刺してしまうだろう。だって、そうだろ、ナイフは鋭利なものなのに、刺さない理由はないだろう？」

「まあ理由としては十分だろうな、しかし、なんて変人なんだ、お前は！　もう少しお湯を足してくれないか」

弟は蛇口をひねり、お湯を入れると続けた。

「他にも、僕は人ごみとか、人がたくさん集まっているのが恐ろしい。夕方に路上で騒音や大声が聞こえると、僕は、はっとして、ああ始まった、と思うんだ……虐殺さ。人が何人かで向かい合っているのに、話の内容が聞こえないと、僕には今に奴らが叫び出して、互いにとびかかって、殺戮が始まるんじゃないかと思えるんだ。知っているかな」彼は秘密めかして、私の耳へと身を屈めた。「新聞は殺人、それも何か奇妙な殺人のニュースでいっぱいさ。人間がたくさんいれば、知恵もたくさん出るなんて、たわごとだよ。人類の中で知恵を持っているのは、一人くらいのもので、その人間は苦悩する羽目になる。僕の心がどれほど熱いか、見せてやりたいよ。ここには炎が燃えている。けど、時々冷たくなって、心の中がすべて凍りつき、硬くなり、恐ろしい死を招く氷となってしまうんだ。気が狂いそうだ、笑わないでくれ、兄さん。本当におかしくなりそうなんだ……　もう十五分経ったよ、風呂から出る時間だ」

「もう少しだけ、待ってくれ」

以前と同じように、こうして風呂に浸かっていられるのは心地良かった、聞きなれた声を聞き、言葉を選ばず喋り、見知った、単純でありふれたものたちを見ることが。少し緑がかった銅の蛇口、見慣れた壁の模様、棚に整然と並べられた写真一式。私は再び写真を撮り始め、素朴で静かな風景や、歩いたり、笑ったり、いたずらをする息子の様子を撮っている。これなら足がなくてもできる。気の利いた書物や、人類の思想の新たなる成果、美や平和についで執筆も再び始めた。

「ハハハ！」私は笑い出し、水面を叩いた。

「どうしたの？」弟はびっくりして、蒼ざめた。

「なに、家にいるのが楽しいのさ」

弟は、私の方が三歳年上だというのに、子供か年少者に向けるように微笑んで、考え込んでいた――まるで重大で、重く、古い考えを持った大人や老人のように。

「どこへ逃げればいい？」肩をすくめて、彼は言った。「毎日、一時ごろ、新聞が思考回路をショートさせ、全人類を震わせている。その感覚、思考、苦悩と恐怖が同時に起きて、僕から支えを奪ってしまう。僕は波間に漂う木っ端、風の前の塵に同じさ。僕は強引に日常から切り離され、毎朝、空に開いた黒い狂気の穴を目撃するような恐ろしい瞬間を味わう。僕はそこに落ちるだろう、落ちてしまうのだろう。兄さんはまだすべてを知っているわけじゃないよ。兄さんは新聞を読んでないから、まだ知らないことがたくさんある――兄さんはすべてを知っているわけじゃないんだよ」

私は、弟はちょっとした暗い冗談を言っているのだと思うことにした。それが自らの狂気によって、戦争の狂気に接近した者の運命として、警告を送っているのだと。私が弟の言葉を冗談とみなして水面を叩いていた、この瞬間、戦場で見たことの全てを忘れてしまったかのように。

「なら、ずっと隠していただかないとな、風呂からも出なきゃならんしな」この軽い言葉に弟は微笑み、使用人を呼んで二人して私を浴槽から引き出し、着替えさせてくれた。私は刻み目模様のついたカップで香りのよい茶を飲み、足がなくても生きていけるな、と考え、書斎の机まで運んでもらうと、仕事の支度を始めた。

戦争より以前、私は雑誌に外国文学の書評を寄稿しており、今、私の周囲の手の届く範囲には、黄色や青や茶色の表紙の、懐かしくも美しい本がある。あまりにも喜びが大きく、満足はとても深かったので、あえて読まずに、手に取った本をただ撫でることにした。私は顔いっぱいに笑みがこぼれるのを感じた。その笑顔は、たぶん、とても間の抜けたものだったろうが、どうしても抑えることができないままに、私はその字体や飾り文字、端正で、美しく、かつシンプルな輪郭に見とれていた。なんと多くの知性と美的感覚がこの中に含まれていることか！　例えば、文字一つ取っても、どれだけ多くの人々が働き、探求したことだろう、どれだけ多くの才能と美的感覚が費やされねばならなかったことだろうか、このシンプルかつ優美で、知的な、絡み合った線が織りなす雄弁さや調和に。

「これからは仕事をせねば」真剣に、仕事への敬意をこめて、私は言った。

私が題名を書くためにペンと取ると、私の手は糸に縛られたカエルのように、紙の上でぴょんぴょんと跳ねた。ペンは紙を突き刺し、軋む音を立てながら踠《もが》き、抑えがたいほどに端へと滑っていき、バラバラで、歪み、意味を欠いた、醜い線を描いた。私は悲鳴も上げず、身動きもしなかった——迫りくる恐ろしい真実を意識し、冷たく、凍えていたのだ。手は明るく照らされた紙の上を跳ね、それぞれの指は、絶望的な、生々しい狂気への恐怖に震えており、まるで、まだ指だけは戦場にいて、炎の色と血を眺め、言葉にならない痛みにあげる呻きと悲鳴を聞いているようだった。指は私を離れて生命を持ち、目となり、耳となり、狂ったように揺れるのだった。指。凍えて叫ぶことも動くこともできなくなった私は、指たちが、清潔な、明るく白い紙の上で獰猛に踊るさまを目で追いかけていた。

静かだ。皆は私が仕事をしていると思っているのだろう、音を立てて邪魔をしないように、と全ての扉を閉めてくれていた——私は一人、動くこともできずに部屋に坐って、手が震えるのを見つめていた。

「なんでもない」私は大声で言ったが、書斎に広がる静寂と孤独の中では、声は狂人のそれのようにかすれ、恐ろしく響いた。「なんでもない、口述すればいい、なにせミルトンだって『復楽園』を執筆した時は盲目だったわけだから。私は思考することができる、それが重要なことであり、すべてだ」

私は、盲目のミルトンについて長い、気の利いた文句を創作し始めたが、意味不明な言葉の羅列のように、言葉はもつれ、消え失せてしまい、文章の最後に辿り着いた私は、もう最初の部分を思い出せなくなっていた。私は、どのようにこの文章が始まったのか、どうしてミルトンについて、こんな奇妙で無意味な文章を作ろうとしたのか、思い出そうとしたのだが、できなかった。

「『復楽園』、『復楽園』」と、私は何度も繰り返したが、それが何を意味するのか、分からなくなっていた。

思い出したぞ、そもそも私は多くのことを忘れているではないか、ひどい放心状態になり、なじみの顔も思い出せず、単純な会話にも言葉が出てこず、時には、言葉を知っていても、その意味がどうしても理解できないこともあった。今日という日がはっきりと目の前に浮かんだ。そこには、私の足のように短く切り取られた、奇妙で、空虚な謎めいた場所があった――それは長い間、意識か感覚を失っていたということだ。

私は妻を呼びたかったが、なんという名前だったか、忘れてしまっていた――そのことは、もはや私を驚かせることも怖がらせることもなかった。静かに私はささやいた。

「妻よ！」

ぎこちない、尋常ならぬ呼びかけの言葉は弱々しく立ち消えてしまい、反応はなかった。

静かだ。彼らは不用意に音を立てて私の仕事を邪魔してしまうのではないかと、静かにしてくれているのだ――学者が使うような本物の書斎があり、居心地も良く、静かで、瞑想と創作に適している。〈どうです、彼らがどれほど私に気を使っていることか!〉私は感動とともに思うのだった。

……そして、インスピレーションが、神聖なるインスピレーションが訪れたのだ。太陽が私の頭の中で輝き、その熱い創造の光が全世界へとほとばしり、詞華と詩を降らしている。私は一晩中、疲れも知らず書き続け、力強く神聖なインスピレーションの翼が自由に舞い飛んだ。私は偉大なるものを書いた、私は不滅なるもの、詞華と詩を書いた。詞華と詩を……

第二章

断片十

……幸いなことに、兄は先週の金曜日に亡くなった。繰り返すが、それは弟である私にとって大きな幸福だった。足のない不具者であり、全身を震わせ、心を壊し、想像の狂ったエクスタシーに陥った彼は恐ろしくもあり、哀れでもあった。あの夜からまるまる二か月の間、彼は車椅子から立つこともなく、食事も拒否して執筆を続け、彼をちょっとでも机から離すと、泣きながら罵声を浴びせてきた。兄は異常な速度でインクのついていないペンを用紙の上で動かし、次から次へと紙を投げ捨てては、ずっと書き続けていた。彼は眠ることも止めてしまい、ベッドに何時間か寝かせることができたのは二回だけ、それも強力な麻酔薬を服用したからで、それ以降は、麻酔薬も彼の創造の狂ったエクスタシーに打ち勝つことができなかった。兄の希望でカーテンは一日中閉められ、ランプが点された部屋は、まるで夜のような錯覚を生み出し、彼はひっきりなしにたばこを吸いながら、執筆していた。見た目からは彼は幸福そうに見えた。私は健康な人間で、これほど霊感に満ちた顔をしているのを見たことがなかった――その顔つきは予言者か偉大な詩人のそれだった。彼はものすごい勢いで痩せていき、死体か修行僧の顔に現れる、ろうそくのような青白さにまで達し、すっかり白髪になっていた。この狂った作業を開始した当初は、まだ比較的若かったのだが、おしまいの方ではすっかり老人になっていた。時として、書き急ぐあまり、ペンが用紙に突き刺さって折れてしまうこともあったが、兄がそれに気が付くことはなかった。そんなときの彼に触れるなんて、できっこない。なにせ少しでも触れると、彼は発作を起こし、泣きながら笑い出すのだ。時として、本当にまれなことだが、兄は幸せそうに一息ついて、好意的な態度で私と会話することがあり、その度に同じ質問をした。私が誰なのか、なんという名前なのか、文学に関わって長いのか、と。

兄は、記憶を失い仕事ができなくなるのではないかとバカみたいに怯えていたこと、その狂った思い込みを見事に打破し、この詞華と詩に関する偉大なる不滅の作業を開始したことを、いつも同じ言葉で、丁寧に語っていた。

「もちろん、私は同時代の人間からの評価は期待していないよ」誇らしげであると同時に、謙虚な口調で語っていた彼は、震える手を白紙の山の上に置いた。「けれど、いつの日か、まだ見ぬ未来においては、私の考えも理解されることだろう」

もはや彼が戦争について思い出すことはなく、また妻や息子についても一度も思い出すことはなかった。幻影のような終わることのない仕事が彼の注意を独占し、それ以外のことには意識が向かなかったのだ。目の前を歩いたり話しかけたりすることはできたが、彼がそのことに気が付くことはなかった。極度の緊張とインスピレーションが顔から消えるようなことは一時たりともなかった。誰もが寝静まる夜の静寂の中、彼がただ一人、果てのない狂気の糸を編んでいたとき、その姿はとても恐ろしく、兄に近付こうとするのは私と母くらいのものだった。一度、もしかすると兄は実際に何か書いているのではないかと思い、インクの付いていないペンの代わりに鉛筆を渡したことがあったが、紙上に残ったのは、バラバラで歪んだ、無意味な醜い線だけだった。

彼が亡くなったのは、真夜中、仕事中のことだった。私は兄のことをよく知っていたから、その狂気の発露は、私にとって驚くべきことではなかった。仕事に対する情熱的な夢は、まだ戦場にいた頃の手紙からも透けて見えていたし、帰還後の彼の全人生を構成するものだったが、疲れ果て、苦悩に満ちた彼の頭脳の無防備さと必然的に結びつき、大惨事を引き起こすのは目に見えていた。おそらく、あの運命の夜に彼が自らの終局へと至った一連の感覚すべてを、私は完全に再現することができる。そもそも、私がここに書いている戦争についてのあれこれは亡き兄の言葉から取ったものであり、たいていは矛盾した支離滅裂なものだ。だが、いくつかの個別の場面だけは、拭《ぬぐ》いがたいほど深く兄の脳髄に刻まれていたお蔭で、彼が語った言葉をそのまま引用することができた。

私は兄を愛していた、そのため彼の死は石のように私にのしかかり、その無意味さが私の脳髄を締め付けた。この、私の頭を蜘蛛の巣のように覆っていた不可解さに、さらにもう一つ輪が加わり、私の頭を締め付けることになった。家族が全員、田舎の親戚の所に引っ越し、私は家——兄の愛するこの邸宅に一人になってしまったのだ。使用人には暇を出し、隣の家の屋敷番が朝、時々暖炉を焚きに来てくれるくらいで、それ以外の時間は、私は一人で二枚の窓枠に挟まれたハエのように、透明だが越えることのできない障壁に向けて体をぶつけることになった。この家から出ることはできない、と私は感じているし、分かってもいるのだ。一人になった今、戦争は私のまるごとを支配し、不可解な謎のように、具現化できない恐ろしい精神のように立ちはだかっていた。私は奴にありとあらゆるイメージを与えてみた。馬に乗った首のない骸骨、黒雲の中に生まれ、音もなく大地を覆う形のない影、しかし、どのようなイメージも私に答えを与えてくれることはなく、私から冷静さを奪い、支配する、冷たい、尽きることのない恐怖を消し去ることはできなかった。

私は戦争を理解することもなく、気が狂ってしまうだろう、兄のように、戦場へ連れていかれた何百もの人々のように。それについては、私は恐れてはいない。正気を失うことは歩哨が持ち場で殉職するような名誉なことだと私は思っていた。しかし、この予感は、このゆっくりと着実に近づいてくる狂気は、巨大な何かが深淵へと落ちていく際の瞬間的な感覚は、このずたずたに引き裂かれた思考の耐え難いほどの苦痛は……私の心臓は麻痺し、死に絶え、新しい生命を感じることはないが、思考は——まだ生きており、戦闘中なのだ、かつてはサムソンのように強かったが、今では子供のように無防備で脆弱《ぜいじゃく》だ——私は残念で仕方ない、かわいそうな私の心。束の間でいいから脳髄を圧迫する鉄の輪の責め苦に耐えることを止めて、通りに走り出て、人々のいる広場で叫びたいという欲求がとめどなく湧いてくる。

「今すぐ、戦争を止めるのだ、さもないと……」

だが、さもないと、何だというのだろう？　果たして、彼らを理性に立ち返らせる言葉などあるだろうか、それほど巨大で欺瞞に満ちた言葉が？　それとも彼らの前に跪《ひざまず》いて、泣き出すべきだろうか？　何十万という涙が世界を満たしているが、なにか少しでも与えられるものがあるのだろうか？　それとも、彼らの前で自殺して見せようか？　自殺！　毎日何千人と亡くなっているというのに、それが何をもたらすというのだろう？

私は自らの無力さを感じ、激怒し、戦争に対する怒りに支配された。私もあの医者と同じように、家を焼き、彼らの宝を、妻や子を焼き、彼らの飲む水に毒を入れたいと思った。墓から全ての死人を起き上がらせ、死体を汚れた家の寝床へと放り投げてやりたい。妻や愛する者たちと同じように、彼らと共に眠るべきなのだ！

ああ、私が悪魔だったら！　地獄に息づく恐怖を地上に持ち込めるだろうに。私は夢の支配者となり、彼らが笑顔で眠りに落ちるころ、十字を切って子供に対して祈るころ、私は彼らの前に黒い姿を……

ああ、私は気が狂うことだろう、いっそ、今すぐに狂ってしまえれば。今すぐに……

断片十一

……囚われの者たち、震える人の群れ、怯《おび》える人々。車両から降ろされた彼らは、咆哮をあげる――まるで、短く脆《もろ》い鎖につながれた一匹の巨大で凶暴な犬のように。咆哮を上げていた彼らも、やがてぜえぜえと息を切らし沈黙した――彼らは互いに身を寄せ合い、ポケットに手を入れ、媚《こ》び諂《へつら》うような笑みを青白い唇に浮かべ、つい今しがた後ろから長い棒で膝下を叩かれたかのように歩いていく。だが、一人だけ幾分か距離を置いて、落ち着いた真剣な表情で、笑みも浮かべずに歩いている者がいた。その黒い瞳と出くわした私はそこに、あからさまなほどに深い憎しみを見つけた。私には彼が私を軽蔑していること、ありとあらゆることをされるという覚悟をしていることが、はっきりと見て取れた。もし、私が武器も持たない彼を殺そうとしても、彼は叫ぶことも、身を守ることも、弁明することもなかっただろう、そう、彼はありとあらゆることを覚悟していた。

私は、彼ともう一度目を合わせようと、彼らに同行し、彼らが建物に入ろうとするころに、その試みは成功した。彼は仲間たちを先に通してやり、自分は最後に建物に入ったが、その際にもう一度私を見たのだ。そこで私は、彼の黒く大きな、瞳孔のない瞳の中に、まるで世界で最も不幸な魂を見たかのような、苦悩と底知れぬ恐怖と狂気を見つけた。

「あの目をした者は誰だ?」私は護送隊の者に訊ねた。

「将校ですよ。気が狂っているのです。あいつらの中には、そうした者がたくさんいます」

「名前は?」

「黙秘しておりますし、名前を呼ばれていたこともありません。仲間たちも名前を知らないようです。まぁ、どこかから迷い込んだのでしょう。奴はすでに一度、内輪から放り出されているというわけですよ、まったく……!」護送隊は手を振って、扉の向こうに消えていった。

そして、今、夕方になり、私は彼のことを考えている。彼はありとあらゆることをしてくるだろう敵に囲まれ、仲間たちも彼のことを知らない。彼は沈黙を守り、この世から完全に消えることのできる時を辛抱強く待っている。私は彼が狂人だとは思えなかった。彼は臆病者ではない。彼は、怯え震える人々の中にあっても威厳を保っていたし、彼自身、群衆を仲間とは見なしていないようだった。彼は何を考えていたのだろう? 死を前にして自分の名前も明かさない男の心には、どれほど深い絶望があるのだろう。どういうわけで名前を明かさないのだろう？　彼は人生や人々に別れを告げたのだ、彼は人生の本当の価値を理解し、彼の周りにある者は、味方でも敵でもなく、叫ぶことも暴れまわることも、脅すことも彼には無意味になったのだ。私は彼について尋ね歩いた。彼は数万人の死傷者が出た最近の戦闘、いや虐殺の際に捕らえられたのだが、捕えられる際に抵抗をしなかったそうだ。彼はなぜか武器を携帯しておらず、そのことに気が付かなかった兵士がサーベルで彼を斬った際も、席から立ち上がったり、身を守るために手を上げたりすることもなかったという。しかし、彼にとっては不幸なことに、傷は浅かった。

いや、もしかすると、彼は本当に頭がおかしいのだろうか？　兵士はそうした者はたくさんいる、と言っていたが……

断片十二

……始まってしまった……昨夜、私が兄の書斎に入ると、本の積み重なった机のそばの椅子に兄が坐っていた。幻は、ろうそくに火を灯すとすぐに消えてしまったが、私は長い間、兄が坐っていた椅子に坐る決心がつかなかった。最初は恐ろしかった――誰もいない部屋でカサカサ、パキパキと音を聞くのは気味が悪い――しかし、私はこの状況を好ましく思うようにさえなっていた。他の誰かより兄の方がまだましだ。それでも、その晩、私が椅子から立ち上がることはなかった。もし立ち上がったら、すぐに兄がその場所に坐ってしまう気がしたのだ。部屋から出る時も、振り返ることはなく、足早に出て行った。すべての部屋に灯りをつけるべきだろうか――いや、そんな意味があるのだろうか？　もし、灯りの中に何かを見つけてしまったら、さらにひどいことになるだろう――それでも、疑念は残るのだ。

今日はろうそくを持って入ったためか、椅子には誰もいなかった。おそらく、影が揺らめいただけなのだろう。私は再び駅で――今では毎朝そこに通っている――友軍の狂人たちを乗せた車両全体を眺めていた。車両の扉が開かれることはなく、他の路線へと向かうのだが、窓から何人かの顔を見ることができた。その顔は恐ろしいものだった。特に恐ろしいのが一つ。極端なほどに細長く、レモンのように黄色い顔、開けっ放しの黒い口に動かない目線は恐怖の仮面に似て、私は目を離すことができなかった。その顔はじっと私を見つめて動くことはなかった――ピクリとも動かず、目線を逸らすこともなく、動き出した車両と共に消えていった。もし、今、この暗い部屋で、目の前にあの顔が現れたら、おそらく、私は耐えられないだろう。聞いたところによると、二十二名が連行されていったそうだ。感染は拡大している。新聞は沈黙しているが、どうやら、街では何か良からぬことが起きているようだ。黒い、しっかりと密閉された馬車が何台か現れた――今日、一日のうちで数えてみると、市内の様々な場所で六台の馬車がいた。おそらく、その中の一つに私は連れていかれるのだろう。

新聞は毎日、新しい軍隊、新しい血を要求しているが、私は、これが何を意味するのか、ますます理解できなくなっていた。昨日、私は非常に疑わしい記事を読んだ。そこには国民の中にはスパイや裏切り者、背信者が多数いること、注意と警戒が必要だということ、国民の怒りが罪人を見つけるだろうということが書かれていた。何の罪だ、どういうわけで？駅から路面電車に乗ると、おそらく、あの記事が原因なのだろう、奇妙な会話が聞こえてきた。

「裁判なしに絞首刑に処すべきだ」一人が言い、乗客全員と私を探るように見た。「背信者は絞首刑にすべきだろ、なあ」

「同情の余地なしだ」もう一人が肯定した。「奴らにする同情は、もうたくさんだ」

私は電車から飛び降りた。皆、戦争のために泣いているし、彼らも泣いているだろうに――この戦争の意味は何だ？血の霧のようなものが大地を覆い、視界を遮り、世界災害の瞬間が本当に起きるのではないかと、私は考え始めていた。兄が見たという紅の笑み。狂気はあの血に塗れた赤い荒野から来ている、私は空気の中に、その冷たい息を感じた。私は頑強で強靭な人間であり、脳髄の崩壊をもたらすような、身体が破壊される病は持っていないが、自分があれに感染したと理解している。もはや私の思考の半分は私のものではない。これは疫病や、それによる恐怖よりも恐ろしい。疫病であれば、どこかに隠れたり、何らかの対策を講じたりすることは可能だが、すべてを貫き、距離も障壁もない思考から、どうやって逃げることができるだろう？

日中であれば、私はまだ戦えるが、夜は、他の人間と同じように夢の奴隷となる。そして、夢は恐ろしく、狂気に満ちているのだ……

断片十三

……無意味で血みどろの虐殺がいたるところで起きている。ほんの小さなきっかけで、野蛮な制裁が起こり、ナイフや石、木の棒が使われるようになると、誰を殺しているのかなんて、気にならなくなる——赤い血が外へ出せと乞い、嬉しそうに大量に流れ出る。

それは装塡された銃を携えた三人の兵士に連れていかれる六人の農民だった。農民特有の服は簡素で原始的で、未開人を彷彿させ、その特有の顔は、まるで粘土で作られ、髪の代わりにフェルトが飾られているようで、規律のある兵士の護送の下、華美な街の路上を歩く姿は中世の奴隷のようだった。銃剣で従わされ、戦争に連れていかれる彼らは、屠殺場へ連れていかれる、罪のない愚鈍な牛のようだった。前を歩いているのは背の高い、ひげも生えていない青年で、長いガチョウのような首の上に小さな頭が坐っていた。彼は枯れ枝のように前かがみで、大地の底まで貫くような視線で、じっと前方を見下ろしていた。最後尾はずんぐりした年配の男が歩いていた。彼は戦いたくないようだったし、その目には何の思考もなかったが、地面が彼の足を引っ張り、その足にしがみつき、彼を離さなかった——彼は強風に逆らうように身を仰け反らせて歩いていた。片足が地面から剝がれると、痙攣したように前方へ投げ出されるが、もう片方の足は地面にしっかりと張り付いているという有様で、歩くごとに背後の兵士が銃床で彼を押しやっていた。兵士の顔つきは憂鬱で憎悪に満ちていた。どうやら、長い間そうした様子で歩いていたらしい――疲労困憊で、武器の持ち方も歩き方もバラバラで、百姓のように爪先が内側になっていることにも無関心だった。まるで農民たちの、無意味で、長期にわたる無言の抵抗が兵士たちの規律ある頭脳を曇らせ、どこに、どのような理由で向かうのかも、分からなくしてしまっているようだ。

「彼らをどこに連れて行くのです?」私は端にいる兵士に訊ねた。彼はびくっとして身震いし、私を見つめたが、その鋭く光る視線に、私はすでに胸に刺さった銃剣をはっきりと感じた。

「どけ!」兵士は言った。「どくんだ、さもないと……」

そのとき、年輩の男が隙を突いて小走りで走り出し、公園の格子まで走ると、隠れるようにしゃがみ込んだ。本物の動物なら、こんな狂人のような真似はしなかっただろう。しかし、兵士は激怒した。兵士が詰め寄り屈みこむと、銃を左手に持ち替え、何か柔らかい、平らなものに平手打ちするのを私は見た。さらにもう一度。群衆が集まってきた。笑い声と悲鳴が聞こえてくる……

断片十四

……観覧席の十一列目。右と左からは誰かの手がぴったりと私に圧しつけられ、ステージからの光でわずかに赤く照らされた動かない頭たちが、遠くの半ば暗闇になっている場所に突き出ていた。私はこの狭い場所に押し込められた大勢の人々に対して、徐々に恐怖を覚えるようになっていた。彼らはそれぞれが黙って舞台に耳を傾けており、もしかすると、何か自分のことを考えていたのかもしれないが、その人数が多いために、沈黙の中では、俳優の大きな声よりも彼らの物音の方がよく聞き取れた。彼らは咳き込んだり、鼻をかんだり、衣擦れの音や足音を立てていたし、空気を温めるような深く不規則な呼吸音がはっきりと聞こえた。彼らが恐ろしい、もしかすると、それぞれが死体になるかもしれないし、その脳髄には狂気が収納されているかもしれないのだ。整髪された後頭部が白く丈夫な襟の上にしっかりと据え付けられた秩序の中に、今にも暴れ出しそうな狂気の嵐を私は感じた。

彼らが大人数であること、恐ろしいこと、出口が遠く離れていることを考えていると、手が冷たくなってきた。彼らは落ち着いているが、誰かが「火事だ！」と叫んだら……　私はおぞましい、熱狂的な欲望を感じ、恐怖した。それについて思い出すと、手が冷たくなり、脂汗を禁じ得ない。私が叫ぶのを誰が止めることができるだろう——立ち上がり、後ろを振り向き、叫ぶ。

「火事だ！　逃げろ、火事だ！」

狂気の発作が、あの冷静な面々を襲うだろう。彼らは飛び上がり、叫び、動物のように吠え、自分たちに妻や姉や妹、母がいることを忘れ、突発的失明に襲われたように、のたうち回り、狂気の中で香水の香りのする白い指で互いを絞め殺し合うのだ。白昼の怒りは照らし出され、舞台からの光を受けた青白い顔が「皆さん落ち着いてください、火事なんてありません」と叫び、振動音の引きちぎれるような音楽が荒々しく陽気に演奏され――しかし、彼らは何も聞いていない――彼らは首を絞め、足を踏み、女性の頭を、その複雑で華美な髪形をした頭を殴る。互いに耳を引きちぎり合い、鼻を噛みちぎり、裸になるまで服を破り取っても恥を感じることはない、彼らは狂っているのだから。感じやすく、優しく、美しい、尊敬されるべき女性たちは悲鳴を上げ、足元で膝を抱えながら、それでも彼らの気高さを信じる無力な生き物を殴る――彼らはその美しく見上げる顔を殴り、出口へと突進していく。なぜなら、彼らは全員人殺しであり、その秩序も、その気高さも――満腹し、自分が安全だと感じている獣の秩序なのだから。

彼らの半分が死体になり、もう半分がぶるぶると震えるボロボロの恥ずべき獣の群れとなって、欺瞞に満ちた笑みを浮かべ、出口に集まってくると――私は舞台へと上がり、彼らに笑いながら言うのだ。

「これはすべて、あなたたちが私の兄を殺したからです」

おそらく私は何事かを大きな声で呟いていたのだろう、右側の人間が怒ったようにもぞもぞと動き、こう言った。

「静かに！　聞こえないでしょ」

私は可笑しくなり、冗談を言いたくなった。警戒するような厳しい顔を作り、私は彼へと身体を傾けた。

「なんです？」彼は不審そうに訊ねた。「なんでそんなに見つめるんですか？」

「静かに、お願いします」私は唇だけを動かして言った。「聞いてください。焦げ臭くないですか？　劇場が火事です」

彼には叫び出さないだけの強さと思慮深さがあった。顔は真っ白になり、その目は牛眼《ぎゅうがん》のように大きくなり、頬に達するほどだったが、彼が叫ぶことはなかった。彼は礼も言わずに立ち上がり、よろけながら、びくびくと速度を緩めながら、出口へと向かっていった。他の者が火事に気が付いていたら、唯一命の助かる価値のある自分が逃げることができなくなってしまうと心配したのだ。

うんざりした私も劇場から出たが、自分の匿名性をあまりに早く明らかにしたくはなかった。外に出ると、戦争が起きている方角の空を眺めたが、その一帯は静かなもので、日の光で黄色くなった夜の雲はゆっくりと、静かに動いていた。〈もしかすると、あれはすべて夢で、戦争なんてないのではないか？〉空と街の静けさに絆《ほだ》された私は、そんなことを考えた。

しかし、角を曲がったところから飛び出した少年が、嬉しそうに叫んだ。

「激戦だよ。ひどい損失だ。号外をどうぞ――夜間号外だよ！」

私は街灯のところで号外を読んだ。死者は四千。劇場にいるのは、おそらく千人もいないだろう。道々、私はずっと考えていた。四千名の死者。

今や、私は人のいない家に帰るのが恐ろしくなっていた。まだ鍵を差し込んで、物言わぬ平らな扉を眺めるような段階で、帽子をかぶった男が暗い空っぽの部屋で、辺りを見回しては歩き回っているのを感じるのだ。通路は熟知していたが、もう階段あたりからマッチに火を点けて、ろうそくを見つけるまで火を点し続けることにしていた。もう兄の書斎には立ち入ることはなく、鍵をかけていた――中に兄がいるだろう部屋にはすべて。私は今、家具をすべて食堂に移し、そこで寝起きしている。そこは比較的穏やかで、団欒や笑い声、食器がカチャカチャという陽気な音の痕跡が残っていた。時々、インクの付いていないペンの軋む音がはっきりと聞こえてくる。私はベッドに横になる……

断片十五

……このバカげた恐ろしい夢。私の脳髄は、頭蓋の覆いを取り払い、無防備にさらけ出されたように、この血なまぐさい、狂った日々の全てを、従順に、貪欲に、吸収していった。私は体を丸め、全身を二アルシンの面積に収めて寝ていたが、思考は全世界を覆っていた。全ての人々の目で見、全ての人々の耳で聞いていたのだ。私は殺された者たちと共に死に、傷ついた者たち、忘れ去られた者たちと共に悲しみ、泣き、誰かの身体から血が流れたなら、その傷の痛みを感じ、苦しんだ。ここに存在しないような彼方のものであっても、ここに存在し、すぐそばにあるかのようにはっきりと感じた。さらけ出された脳髄の苦しみに境界などないのだ。

子供たち、小さく、まだ罪のない子供たち。私は子供たちが戦争ごっこや追いかけっこをしているのを通りで見かけたが、か細い子供の声で泣いていると、恐怖と嫌悪感から私の中で何かが震えるのだ。帰宅し、夜が訪れた——真夜中の火事に似た、火炎渦巻く夢の中で、無邪気な子供たちは子供の殺人者の大軍に変貌していった。

何か不気味なものが大きな赤い炎となって燃え上がり、煙の中では、大人の殺人者の頭をした怪物のような、ならず者の子供たちが蠢いていた。彼らは子ヤギのように軽々と活発に飛び回り、病人のように重苦しく呼吸していた。彼らの口はガマガエルかカエルに似て、ぴくぴくと大きく口を開けていた。その裸の身体の透明な皮膚の内側には陰気な血が流れ——彼らは遊びながらも互いを殺し合っていた。何より恐ろしかったのは、どうやら、彼らが小さく、どこにでも侵入できるらしいことだ。

私が窓の外を見ていると、ひとりの小さな子供が私を見て微笑み、私に目で頼み込んできた。

「そっちに行きたい」と、その目は言っていた。

「お前は私を殺すつもりだろう」

「そっちに行きたい」そいつは突然、奇怪な様子で、白い壁の上部をひっかき始めた、ネズミのように、そう、まさに腹を空《す》かせたネズミだった。やつは急に黙ったかと思うと、キーキーと鳴き出し、壁のあちこちから見え隠れする速度はあまりにも素早く、私はその急激で突発的な動きを目で追うことができなくなっていた。

〈もしかすると、扉の下から入り込んでくるかもしれない〉私がぞっとして考えると、そいつは私の考えを読んだかのように細長くなって、素早く、しっぽを振りながら、玄関扉の下にある暗い亀裂へと潜り込んだ。しかし、私は何とか毛布の下に隠れることに成功したので、幼いそれが、暗い部屋の中で私を探し回り、小さな裸足の足で慎重に歩く音を聞いていた。非常にゆっくりと、途中で立ち止まりながらも、奴は私の部屋へ近づき、侵入してきた。しばらくの間、私には何も聞こえなかった。物音も衣擦れの音もなく、ベッドのそばには誰もいないかのようだった。誰かの小さな手が毛布の端を持ち上げ、部屋の冷たい空気が私の顔と胸に触れた。私は毛布をしっかりと掴んでいたが、毛布は執拗なほどに全方向から剥がれていくので、私の足はすぐに水に浸かってしまったように冷たくなった。今、足は冷たく暗い部屋で無防備に横たわり、やつがそれを見ているのだ。

壁の向こうの庭では、犬が吠えたかと思うと黙り、鎖をじゃらつかせながら、犬小屋に戻っていく音が聞こえた。やつは私の足を見つめて黙っている。しかし、私にはやつがそこにいることが分かったし、死神のような、耐えがたいほどの恐怖で、墓石のような金縛りにかかっていることも分かっていた。もし叫ぶことができたら、その悲鳴で、私は街中、いや世界中を目覚めさせたことだろう。しかし、声は出ず、動くこともできない私は、小さな冷たい手が身体中を這い、喉に近付いてくるのを大人しく感じている他なかった。

「やめろ!」呻き声をあげた私は、喘ぎながら一瞬だけ目を覚まし、暗く、神秘的で生命を持ったような夜をはっきりと感じ、おそらくだが、再び、眠りについたのだ……

「落ち着くんだ!」そう言った兄がベッドに坐ると、ベッドが軋んだ音を立てた。彼は死んでいるのだから、とても重たいのだ。「落ち着け、お前は夢を見ているのだ。誰かに首を絞められたように思えたろうが、お前は誰もいない暗い部屋でぐっすりと眠っているのさ、そして、私は書斎で執筆をしている。誰も私が書いていることを理解しなかったし、お前たちは私が狂っていると嘲笑していたな、今、お前に真実を語ろう。私が書いていたのは、紅の笑みさ。わかるか?」

何か巨大で赤い、血のように紅い何かが、私の頭上で、歯のない口を見せて笑っている。

「それが紅の笑みだ。地球がおかしくなったら、そうやって笑い始めるのさ。知っているだろう、地球はおかしくなっている。花も歌もなく、皮膚を剥がされた頭みたいに、丸くて滑らかで、真っ赤だ。あれが見えるか?」

「ああ、見える。笑っている」

「よく見るんだ、地球の脳髄で何が起きているのか。赤い、血のように紅いドロドロだ、混乱の極みさ」

「悲鳴をあげている」

「病気なのさ。花もなければ歌もない。さあ、お前の上に私を寝かせてくれ」

「重たい、それに怖いよ」

「我々死人は生者の上に寝るのさ、暖かいかな?」

「暖かい」

「寝心地はいいかな?」

「死にそうだ」

「起きて叫ぶんだ。起きて叫ぶんだ、私は行く……」

断片十六

……戦闘はすでに八日間も続いていた。先週の金曜日に始まり、土曜日が過ぎ、日曜日、月曜日、火曜日、水曜日、木曜日ときて、また金曜日になって、また過ぎて——その間もずっと戦闘は続いていた。両軍ともに数十万の兵が対峙しており、退却することも休むこともなく、轟音を立て爆発する砲弾を撃ち続けていた。一分ごとに、生きた人間が死体に変わっていった。轟音と、絶え間なく続く空気の振動が、空自体を震わせ、頭上には黒雲と雷鳴が寄り集まっていたが、軍隊は互いに対峙して休むことなく殺し合っていた。もし人間が三日間睡眠をとらなかったら、体調が悪くなり、記憶力に支障をきたすというが、彼らはすでに一週間寝ていないのだから、すでに気が狂っているのだろう。だから、彼らは痛みを感じることもなく、退却することもなく、全員を殺しきるまで戦うだろう。報告によると、一部の部隊は砲弾が尽き、兵士たちは石や素手で闘い、犬のように噛みついていると聞く。もし、彼らの生き残りが家に帰って来ることがあったら、狼のような牙を生やしているかもしれない——だが、彼らが帰って来ることはないだろう。彼らは狂人となって、皆殺しになるのだから。彼らは狂人だ。彼らの頭の中では、すべてが反転し、何も理解できなくなっているのだ。もし、突然、急に彼らが振り返ったら、彼らは敵だと思って、味方に向かって発砲し始めることだろう。

奇妙な噂……その奇妙な噂は、ささやき声で語られ、恐怖と恐ろしい予感で人々を蒼ざめさせた。兄さん、兄さん、聞いてくれ、彼らは紅の笑みについて語っていたのだ！　まるで幻影の一団が、影の大軍が、生きた者たちとまったく同じような姿で現れたかのようだ。狂気に陥った人々が束の間、夢に眠る夜、もしくは雲一つない真昼、幻のような日中の戦闘の最中、彼らは突然現れ、幻の大砲を発射し、空気中が幻影の咆哮に満たされると、生きた、狂った人々は、突然のことに驚き、幻影の敵と死に物狂いで戦い、恐怖から気が狂い、一瞬で白髪になり、死んでしまうというのだ。幻影たちは出現した時と同様に不意に消え失せ、静寂が訪れると、ボロボロになった死体が新たに大地に転がっている――誰が彼らを殺したのだ？　兄さん、あなたは知っているのか、誰が彼らを殺したのか？

二回の戦闘後、小康状態になり、敵も彼方にいる時、暗い夜に一発の恐ろしい銃声が響いた。その場にいた全員が悲鳴を上げ、暗闇に発砲すると、この物言わぬ、答えの返って来ない闇に向けての発砲は丸一時間もの長い間続いたと聞く。彼らはそこで何を見たのだろう？何か恐ろしいものが、彼らの前に物言わぬ姿で現れ、恐怖と狂気で満たしたのだろうか？兄さんなら分かるだろう、私だって分かっている、だが、人々は分からない、だが何かを感じ取り、蒼ざめながら質問しているのだ。

「どうしてこれほど多くの人が狂気に陥っているのだ――以前は、これほど多くの狂人はいなかったじゃないか！」と、彼らは言い、蒼ざめ、それでも、世界的な暴力が自分たちの脆弱な頭脳に影響を与えることはない、と信じようとしていた。

「人間というものは、これまでもずっと戦いを続けてきたが、こんなことはなかったじゃないか？　闘争とは人生の法則なのだ」彼らは自信満々に冷静に言うが、自身は蒼ざめた顔で、視線は医者を探し求め、「水だ、はやく水をくれ！」と、せっかちに叫んでいた。

不条理との戦いの中で理性がゆらぎ、消耗していくのを感じないで済むのなら、彼らは喜んで白痴になるだろう。人々が絶えまなく死体を作り続けているこの頃、どこにも安息を見出すこともできない私は人々の間を駆けまわっていたが、こうした会話は数多く聞こえてきた。戦争は彼方にあるもので、自分たちに触れることはないと確信した、あの嫌らしい笑い顔が浮かんでいるのを多く見かけた。だが、私はそれよりも嘘偽りのない、むき出しの恐怖、絶望的な痛々しい涙、歯止めの利かない絶望の涙などをより多く見かけた。それは理性自体が全力を尽くし、人間から吐き出させた最後の祈り、最後の呪いだった。

「いつになったら、この狂った殺戮《さつりく》は終わるんだ！」

私は数年ぶりに知り合いと会ったのだが、その家には戦地から帰還し、気の触れたという将校がいた。彼とは学校時代の級友だったが、私は彼を見分けることができなかった。もっとも、彼は自分を生んだ母親すら見分けることができなかったようだが。彼が一年の間、墓に横たわっていたなら、今よりもっと彼に似つかわしい姿だったことだろう。彼は真っ白な髪になっていた。顔の輪郭自体はあまり変わっていなかったが、黙ったまま、ずっと何かに耳をすましており――その仕種のために彼の顔には、どうにかして彼と話そうとする者との隔たりや無関心さが恐ろしいほどに刻まれていた。親戚の語るところによると、彼は次のような次第で気が触れたそうだ。予備隊に勤めていた際、隣の部隊が銃剣による突撃を開始した。人々は駆け出し、銃声がかき消されるほどの大声で「ウラー」と叫び出したのだが――唐突に銃声が止んだ――すると、急に「ウラー」というかけ声も止んだのだ――墓場のような静寂が不意に訪れた。軍は敵陣に到着し、銃剣による戦闘が始まった。この静寂に彼の理性は耐えられなかったのだ。

傍らで話したり、騒いだり、叫んでも彼は落ち着いているのだが、周りに人がいなくなると、彼は聞き耳を立て、何かを待ち構えるという。一瞬でも静寂が訪れると――頭を抱え、壁の家具のある場所まで走っていき、癲癇《てんかん》のような発作にのたうち回る。彼には親戚がたくさんいるから、入れ代わり立ち代わり彼のそばに来て、周囲を和気あいあいと囲むことはできた。だが、夜が、長い静寂に満ちた夜がまだ残っている――同じように白髪で同じように少し気の触れた彼の父がことに対処してくれた。彼の父は息子の部屋に大きな音を立てて時を刻む時計をかけたのだ、その時計はほぼ休むことなく、様々な時間を告げてくれる。今も休むことなくカラカラと音を立てる歯車が取り付けてある。彼がまだ二十七歳ということで、彼らはだれも回復の希望を失っておらず、陽気に暮らしてさえいる。彼の服装はとても清潔だった――軍服でもなく――彼らが外見に気を配り、その白髪やまだ若い顔つきに気を配っているので、物思いに耽る、注意深く、ゆっくりと動く、疲れたような動作に気品を備えた彼は美しくさえ見えた。

彼らの話をすべて聞くと、私は彼に近付き、その手に口づけをした。青白く、ぐったりとした手、その手はもう二度と人を殴るために振り上げられることはない――しかし、このことについては、特段驚く者もいなかった。ただ、彼の妹だけがその瞳で私に微笑みかけてくれ、私を婚約者のように気遣い、世界中の誰よりも愛してくれた。あまりにも気遣ってくれるので、私はあやうく自分の暗い、人のいない部屋のことを話してしまいそうになったほどだ。あの部屋に一人でいるよりはまだましだから――下劣な心は決して希望を失わないという…… 彼女は私たちが二人になれるよう手配してくれた。

「あなたはとても青白いですね、目の下にクマもある」彼女は優《やさ》しく言った。

「あなたは病気なのですか？ 兄さんに同情しているのですか？」

「私は皆さんに同情しているのですよ。少し具合が悪いというのもあります」

「兄さんの手に口づけをした理由、わかりますよ。みんな、分かってなかったみたいでしたけど。兄の気が狂っているからですよね？」

「そうです、気が狂っているからです」

彼女が考え込む姿は兄に似ていた――とはいえ、とても幼いものだったが。

「なら、私が」そこで彼女は言い淀み、顔を赤らめたが、視線を落とすことはなかった。

「私があなたの手に口づけをするのを許してくれますか？」

私は彼女の前に跪き、言った。

「出発の手向けに祈っていただけますか」

彼女は少し蒼ざめ、少し身を引いて、唇だけでささやいた。

「そんな、信じられません」

「私もです」

私の頭に彼女の手が一瞬、乗せられ、そして、時間は過ぎていった。

「ご存知でしょうか」彼女は言った。「私も戦地に行くことになります」

「来てみてください。しかし、あなたには耐えられないでしょう」

「分かりませんよ、それに、彼らには必要なのです、あなたや兄のように。彼らに罪はありません。私のこと、覚えていてくれますか？」

「ええ。あなたも？」

「私も覚えております。さようなら！」

「さようなら、永遠に！」

気分が落ち着いた私は早くも死と狂気の最も恐ろしい部分を体験したかのように気が楽になった。昨日は初めて落ち着いた心持ちで、恐怖を抱くこともなく家に入り、兄の書斎を開け、その机に長い間坐っていた。そして、深夜、身体を揺さぶられたように突然目を覚まし、インクの付いていないペンが紙の上を走る音が聞こえたときも驚くことなく、ほとんど微笑みを浮かべんばかりに、こう考えたのだ。

〈そうだ、兄さん、働いてくれ！　あなたのペンは生きた人間の血に濡れているのだから。あなたの原稿は白紙にしておこう――その不吉な白は、最も賢い人々が書いたものより、なお雄弁に戦争と理性について語ってくれる。働いて、兄さん、働いて！〉……今朝、戦闘はなお続いているという報を読んだ私は、ひどい不安と何かに脳髄が覆われるような感覚に再び襲われた。戦争が来る、近づいてくる――すでに、この人気のない明るい部屋の敷居にいる。どうか、私のことを覚えておいてください、私の愛する人よ。私は気が狂いそうです。死傷者は三万人。死傷者は三万人……

断片十七

……街では、なんらかの虐殺が起きているという。暗く恐ろしい噂……

断片十八

今朝の新聞に書かれた数えきれない死傷者のリストを眺めていた私は、そこで見知った名前と出会った。亡き兄と共に兵役に召集された、妹の婚約者である将校の死亡記事だった。一時間後、郵便配達員から兄に宛てた手紙が届いた。封筒に故人である将校の筆跡が見えた。死者が死者に宛てて手紙を書いたのだ。しかし、それでも死者が生者に宛てたものよりはましだろう。私は、息子が砲弾によってバラバラにされるという恐ろしい死を新聞で知った後、丸一か月の間、息子から手紙を受け取っていた母親のことを知っている。その男は優しい息子で、どの手紙も優しい言葉や慰め、幸せが何かについて真剣に考えるような若い素朴な希望にあふれていた。彼は死者であるというのに、悪魔のような正確さで日常生活について書いていたので、彼の母は息子の死を信じなかったのだが、一日、二日、三日と手紙が来ない日々が続き、死という無限の沈黙が訪れると、彼女は息子の古い大きなリボルバーを両の手に握り、自らの胸を撃ち抜いたそうだ。どうやら彼女は生き残ったらしい――いや、わからない、もう便りもないから。

私は長い間封筒を眺め、彼に思いを馳せていた。彼はこの封筒を手に取り、どこかで購入し、従卒に金を渡し、どこかの店に行かせると、封筒に糊付けをし、たぶん、自分でポストに出したのだろう。郵便という複雑の仕組みの歯車が動き出し、手紙は、森や荒野、町を渡り、手から手へと手渡されていきながらも、ゆるぎなく自らの目的地へと向かって進んでいった。最後の朝、彼が靴を履いている時も手紙は飛び続け、彼が殺された時も手紙は飛び続け、彼が穴に放り込まれ、死体と土に覆われている時も、消印を押された灰色の封筒の中で生きた幻となって、森や荒野、町を飛んで行ったのだ。そして今、手紙は私の手の中にある……

手紙の内容は次のようなものだった。手紙は紙切れに鉛筆で書かれており、未完成だった。なにか混乱しているようだった。

〈……今になって初めて戦争の大いなる喜びを理解したよ。この古き、根源的な殺人の喜び――賢く、狡猾で、狡賢い、最も獰猛な獣よりも計り知れないほどに興味深い人間を殺すことの喜びを。生命を永遠に奪うこと――これは星の下でローンテニスに昂じることと同じくらい素晴らしいことだよ。哀れな友よ、君が我々と共にいることができず、ありふれた日常の中で退屈を強いられていることが残念でならない。死に満ちた空気の中でこそ、自らの不満を抱く高貴な心が絶えず探し求めるものを見つけることができるのだ。血に塗れた宴――このいささか陳腐な比喩の中にこそ、真実が隠されている。私たちは膝まで血に浸かりながら彷徨《さまよ》い、私のいい子たちが冗談で赤いワインと呼んだこの血で、眩暈を起こしている。敵の血を飲むことは、我々が考えているような愚かな習慣ではない。彼らは自分たちのすべきことを知っていたのだ……〉

〈カラスが鳴いている。君にもカラスが鳴いているのが聞こえるだろう。あんな大群、どこから来たんだろう？　空が奴らで真っ黒だ。奴らは私たちのそばに腰を下ろし、恐れることもなく、どこまでも私たちについて回り、いつも私たちの頭上にいるから、黒いレースの傘や黒い葉の茂る樹木の下にいるように感じる。一羽が顔のすぐ近くまで近づき、啄《つい》ばんできた。どうやら私が死体だと思っているらしい。カラスが鳴いているのが、少し私を不安にさせる。あんな大群、どこから来たんだろう？……昨日、私は眠っている敵を切り刻んだ。私たちは野雁狩りのときに少しずつ歩を進めるように、忍び足で歩き、死体を一つも動かさず、カラスを一羽も逃がさぬように狡猾に、慎重にゆっくりと進んでいった。影のように忍び寄る私たちを夜が隠してくれた。私は自分で見張りを殺した。彼を押し倒し、叫んだりしないように首を絞めた。分かるだろう、小さな悲鳴一つですべてが台無しになる。だが、彼は叫ぶことはなかった。彼は、おそらく、誰に殺されたかも分からなかっただろうな〉

〈彼らはくすぶっている焚火の周りで眠っていた、まるで実家のベッドで寝ているかのように安らかに。私たちは一時間にわたって彼らを切り刻んだが、切りつける前に目を覚ましたのは、ほんの数人だけだった。彼らは泣き叫び、もちろん、許しを請うてきた。噛みついてきた者もいた。私が不用意に頭を押さえていた左手に噛みついてきた奴がいた。奴は私の指を噛み千切ったが、私は奴の頭をねじり切ってやった。どう思う、これで帳消しだろうか？　何故みんな起きなかったのだろうな！　骨を折り、肉を切る音が聞こえていただろうに。それから、私たちは彼らの衣服を剥ぎ、私たちで分配した。友よ、冗談だから腹を立てないでくれ。デリケートな君は略奪の匂いがすると言うだろうが、私たち自身、ほとんど裸で、衣服は着古されていたからね。私はもう長い間、女性用のジャケットを着ていて、勝利した軍の将校というよりは、……に似ているように見えたよ〉

〈ところで、君は結婚したようだが、こんなものを読むのは、あまり都合がよくないのではないか。しかし……わかるかな？　女性というものを。畜生、私は若く、愛に飢えている！　待った、あれは君の婚約者だったかな？　君は女の子の絵を私に見せてくれて、花嫁だと紹介してくれただろう、そこに何か悲しい文句が書かれていたような。とても悲しい、さびしい言葉が。そこで君が泣いていた。かなり前のことだし、戦争では優しさを発揮することもないから、漠然としか覚えていないが。君は泣いていたんだ。何を泣いていたんだ？　なぜ、あの絵には花のように、悲しい、さびしい言葉が書かれていたんだ？　君はずっと泣いていた、ずっと、ずっと……将校が泣くなんて、恥ずべきことだよ！〉

〈カラスが鳴いている。友よ、君にも聞こえるだろう、カラスが鳴いているのが。奴らは何がしたいのだ……？〉

そこから先は鉛筆の線が消え、メモは読めなくなっていた。

奇妙なことだが、私は故人に対する同情が少しも湧かなかった。私は彼の顔をはっきりと目に浮かべることができるが、その顔は女性のように柔らかで優しいものだった。頬は色づき、瞳には冷静さと朝の爽やかさが映り、ひげは女性を飾ることができそうなほどに柔らかでふさふさとしていた。読書や花や音楽を愛し、乱暴なことを忌避し、詩を書き——兄は批評家のように、その詩がとても良いものだと請け合っていた。私が知っていること、記憶していることは、このカラスの鳴き声や血みどろの虐殺や死とは全く結びつくものではなかった……カラスが鳴いている……

ふいに気違いじみた、言葉にできないほどの幸福な瞬間が訪れ、私ははっきりと、すべては嘘で、戦争はないのだと感じた。殺人も、死体もない、無力な思考を揺るがせる恐怖もない。私は仰向けになって眠り、子供のころのように恐ろしい夢を見ているだけだ。この死と恐怖で荒みきった、物音のしない不気味な部屋も、なにか恐ろしい手紙を持った私自身も、すべて夢なのだ。兄は生きていて、みんなでお茶を囲み、食器のカチャカチャとなる音が聞こえてくる。……カラスが鳴いている……

いや、これは真実なのだ。地球が不幸であるということ、それは事実だ。カラスが鳴いている。安っぽい効果を求めた暇な三流文士や正気を失った狂人の思いつきではない。カラスが鳴いている。私の兄はどこだ？　兄は柔和で高貴で、誰にも害を及ぼすことを望んでいなかった。彼はどこだ？　私はあなたたちに訊いているのだ、忌々しい殺人者たちよ！　全世界を前にして、あなたたちに訊いているのだ、忌々しい殺人者たちよ、死体に坐するカラスたちよ、不幸で愚かな獣たちよ！　あなたたちは獣だ！　何のために私の兄を殺したのだ？もし、あなたたちに顔があるなら、私は平手打ちを喰らわしてやる、顔がないなら、それは残虐な獣なのだ。あなたたちは人間のふりをしているが、手袋の下には爪が見えるし、帽子の下には獣の平たい頭蓋骨が見える。その賢い言葉の裏には隠れた狂気が錆びた鎖をガチャつかせている音が聞こえる。私の悲しみ、私の憂鬱、私の屈辱的な思考の全てをこめて、あなたたちを呪おう、不幸で愚かな獣たちよ！

最後の断片

……私はあなたたちに人生を一新して欲しいのです！

演説家は叫び、両手で必死にバランスを取って柱の上に留まり、〈戦争打倒！〉と大きく書かれた文句が屈曲によって寸断された旗を振っていた。

「あなたたちは若いじゃないですか、人生はまだこれからです、自分自身と未来の世代をこの恐怖と狂気から守るのです。耐えることなどできやしません、目から血が溢れることでしょう。空が頭上に降り注ぎ、足元の地面は割れてしまうのです。善良なる人々よ……」

群衆から奇妙なざわめきが聞こえると、演説家の言葉は、一時、活気に満ちた、脅迫的な騒ぎにかき消された。

「私は気が狂っているのかもしれません、しかし、私の喋っていることは事実なのです。私には父や兄がいますが、戦場で死体のように腐っていくでしょう。明かりをつけて、穴を埋め、破壊し武器を葬り去るのです。兵舎を打ち壊し、人々の輝く狂気の衣服を脱がし、引き裂いてやりましょう。耐えることなどできやしません……人が死ぬのです……」

背の高い誰かが彼を殴り、柱から突き落とした。旗は再度立てられたが、倒れてしまった。すぐに辺り一帯の様子は悪夢と化し、私は殴った者の顔を見ることができなかった。その場にいた全員が犇《ひし》めき合い、叫んでいた。石や木が宙を飛び、頭上に拳が振り上げられ、誰かが殴られた。群衆は轟音を立てる、生きた波のように私を持ち上げ、数歩分私を運んで力いっぱい柵に打ちつけたかと思うと、今度は後方のどこか脇へと運んで行き、最終的には、背の高い薪の山に押しつけた。薪の山はこちらへと覆いかぶさり、お前の頭に落ちてやるぞと脅すのだった。何か乾いたものが、ぱちぱち、かちかちと丸太の間で、しきりに音を立てていた。一瞬静まったかと思うと――再び騒音が始まり、巨大なものが大きく口を開けたようなそれは、抑えがたく恐ろしかった。再び、乾いた爆《は》ぜる音がしきりと聞こえ始めると、私のそばで誰かが倒れ、目があったであろう場所には赤い穴が開き、血が流れ出していた。重い丸太が宙を転がり、その端が顔に命中した私は転んでしまったが、踏み潰そうとする足の間を這って、人のいない空間へと脱出した。尖った部分を壊して柵を乗り越えると、薪の山に攀《よ》じ登った。足元の丸太の一つが崩れ、私も薪の山を打つ滝となって一緒に落下してしまった。四角形に囲まれた場所からやっとのことで私は抜け出したのだが、後方の周囲一帯から轟音が聞こえ、唸りを上げ、ミシミシと音が響いていた。どこかで鐘が鳴っていた。五階建てのビルが崩れるような音がした。夕暮れはまるで夜が来るのを許さないとでもいうように静止し、轟音と銃声は赤い光に彩られ、闇を追い払っているようだった。最後の柵を飛び越えた私は、自分が折れ曲がった狭い路地にいることに気が付いた。そこは窓のない壁に囲まれた廊下に似て、走っても走っても出口は見えなかった。路地は柵で仕切られ、その向こうに薪の山と森林が黒く見えた。私は不安定に動き回る巨大物に再び攀じ登ったのだが、湿った樹の匂いがかすかに匂う穴に落ちてしまった。再び外に出た私に振り返る勇気はなかった。赤みがかった、ぼんやりとした色合いが、殺された巨人が黒い丸太の上に横たわっているように見える場所で何が起きているのか、私には分かっていた。負傷した顔からの出血は止まっていたが、麻痺したように動かず、まるで石膏の仮面か、他人のもののようだった。痛みは完全に治まっていた。どうやら、落ちた黒い穴の中で気分が悪くなって、意識を失っていたようだ。だが、あれが本当に起きたことなのか、想像のものかは分からない、私が覚えているのは、ただ走っていたことだけだった。

それからの私は、街灯もない見知らぬ通り、黒く死んでしまったような家々の間をさまよっていたが、どうやっても、この沈黙の迷宮から抜け出すことができなかった。方向を決めるためには、一度立ち止まって辺りを見回す必要があったのだが、無理な相談だった。まだ遠くではあったが、轟音と唸りが私の後を追いかけてきていたのだ。時として、奴らは急な方向転換をして、赤黒く渦巻く煙が作る、絡まった赤い糸玉となってぶつかってくることがあったが、そんな時、私は引き返し、奴らが再び私の背中を追いかけるようになるまで走った。ある角で明かりを見つけたが、すぐに消えてしまった。それは閉店を急ぐ商店だった。大きな隙間からカウンターの一部と桶のようなものが見えたが、すぐに静寂が潜む闇に包まれてしまった。商店から少し行った所で、私は向こうから走ってくる男に遭遇した。暗闇の中でぶつかりそうになった私たちは、互いに二歩ほど離れたところで立ち止まった。彼が誰かはわからない。私に見えたのは、警戒している黒い影だけだった。

「どこから来た?」彼が訊ねた。

「むこうからです」

「どこへ行くのだ?」

「家に帰るのです」

「ほう! 家だって?」

彼は黙ったかと思うと、突然、私に襲い掛かり、地面に押し倒すと、その冷たい指が貪るように喉をまさぐってきたが、服に絡まってしまったようだ。私は彼の手に噛みつき、その手を振りほどいて逃げ出したのだが、彼は長い間、人気のない通りを、靴で大きな音を立てながら、後を追いかけてきた。やがて引き離すことができた——おそらく、私が噛んだ場所が痛んだのだろう。

どうやって自分の街に辿り着いたかは、わからない。ここも同じように街灯はなかったし、家は死んだように灯り一つ点いていなかったから、もし私が偶然、視線をあげて自分の家を発見していなかったら、気付かずに駆け抜けていただろう。だが、私は長い間ためらった。長年住んだ、まさにこの家が、この奇妙な死んだ町にあっては異質に思え、私の大きな呼音の寂しげで異様な木霊によって目を覚ましてしまったように思えたのだ。不意に、転んだ拍子に鍵を失くしてしまったのではと思い、半狂乱の恐怖に襲われ、外ポケットのそのままの場所にあったにもかかわらず、やっとのことで鍵を見つけることとなった。錠前を動かしていると、金属音が異様なほどに大きく反響し、通りにある全ての死んだ家の扉を開けようとしているようだった。

私は最初、地下室に隠れていたが、すぐに恐ろしくなった上、手持ち無沙汰にもなって、目の前に何かが明滅し始めたので、こっそりと部屋に戻ることにした。暗闇の中、手探りで全ての部屋に鍵をかけると、家具で扉を塞ごうかと少し考えたが、木材を動かす音が人のいない部屋にひどく大きく響いたので、怖くなってしまった。

〈このままでは、死を待つだけじゃないか。どちらでも同じさ〉私は意を決した。洗面器には水がまだ残っており、とても温かかったので、私は手探りで顔を洗い、タオルで顔を拭いた。負傷した顔の部分が、ひりひりと、ひどく疼《うず》くので、鏡で自分の顔を点検することとした。マッチに火を点けると――揺らめきながら、かすかに燃える火の中に、暗闇から私を見つめる、とても醜く恐ろしいものが見え、私はあわててマッチを床に投げ捨てた。どうやら、鼻を折ってしまったようだ。

〈今さら、どうだっていい、必要なものでもないだろう〉私はそう考えることにした。気分が明るくなった。私は奇妙に気取った顰め面を作って、自分が劇場の泥棒役にでもなったように、食器戸棚に食べ物の余りを探しに行くことにした。自分の奇態が時機にそぐわぬものであるとは意識していたが、この行動がたいそう気に入った。私は食べている間中ずっと、同じような顰め面をして、とてもお腹が空いているかのようにふるまった。

しかし、静寂と暗闇が恐ろしかった。中庭に面している窓を開けて、耳をすましてみた。最初は、おそらく、往来が全く無いせいか、通りは全く静かなものに思えた。銃声も聞こえなかった。しかし、すぐに、彼方から聞こえる咆哮や悲鳴、なにかが崩壊する音や笑い声をはっきりと聞き取ることができるようになった。音は明らかに大きくなっていた。見上げると、空は赤黒く、雲の流れも速かった。向かいに建つ納屋や、庭の小道、犬小屋も同様に赤みがかった色に彩られていた。私は窓から犬に向けて、そっと呼びかけた。

「ネプチューン！」

だが、犬小屋で動くものはなく、付近の赤黒い光の中に、鎖の破片が光るのが見えるだけだった。遠くで聞こえる悲鳴と何かが崩壊する音が大きくなってきたので、私は窓を閉めた。

〈奴らが、来る！〉そう考えた私は、どこかに隠れる場所はないか、と探し始めた。暖炉を開け、かまどを調べ、戸棚を開けたが、どれも役に立ちそうになかった。書斎は覗きたくなかったので、それ以外の全ての部屋を歩き回った。兄が自分の椅子に坐り、書籍の積まれた机と向かい合っていることは分かっていたが、それは今の私には、とても不快なことだった。

私は、徐々に歩いているのが自分一人ではないような気がしてきた。暗闇の中、私の周りに何人かの人間が物音も立てずに歩いているような気がする。彼らはほとんど触れそうなくらいに接近し、一度などは誰かの息が首筋を凍らせた。

「そこにいるのは誰だ？」私は小声で訊ねたが、答える者はいなかった。

再び歩き始めると、彼らは私の後を黙って、おどろおどろしい空気をまとい、ついてきた。どうやら私は体調が勝《すぐ》れないようで、そのせいで熱が出始めたようだったが、恐怖を抑えることはできず、悪寒を感じたように全身が震えだしていた。額に触ってみたが、火のように熱くなっていた。

〈ここに入ろう〉私は考えた。〈何であれ、兄は家族なのだから〉

彼は消えることなく、以前のまま、そこに、自分の椅子に坐って書籍の積まれた机と向かい合っていた。下ろされた幕から赤みがかった光が打ち寄せられていたが、何物も照らすことはなかったため、兄の姿はようやく見える程度だった。私は兄のそばのソファーに坐り、待つことにした。部屋の中は静かだったが、抑揚のない唸り声や、なにかが崩れ去る音、断続的な悲鳴が彼方から響いた。奴らが近づいてきている。赤黒い光はいよいよ強くなり、すでに椅子に坐っている兄の細く赤い帯に縁どられて鋳鉄のように黒くなった横顔が見えるようになっていた。

「兄さん！」私は言った。

しかし、彼は記念碑のように黒く、沈黙したままで動くことはなかった。隣の部屋で床板が軋む音がしたかと思うと——不意に死者が大量にいる戦場でしか起こりえないような、異様なほどの静寂が訪れた。全ての音が凍りつき、赤黒い光自体も死と沈黙の色合いを得て、不動の、わずかにぼんやりとしたものに変わった。私はこの沈黙は兄が原因で、そのことについて語ってくれるのではないかと思っていた。

「いや、私のせいではない」兄が答えた。「窓を見てみろ」

幕を引き上げた私は、飛び退いた。

「なんだ、これは！」と声をあげることになった。

「私の妻を呼んできてくれ。彼女はこのことを知らないだろうから」と、兄は命じた。

彼女は食堂に坐り、何かを縫っていたが、私の顔を見ると、大人しく立ち上がり、刺繍に針を刺し、私についてきた。私はカーテンをすべて開けると、大きく開け放ったところから赤黒い光が入り込んできたのだが、その光は、なぜか部屋の中を明るくしてくれることはなかった。彼女の姿も暗いままで、ただ窓だけが赤い大きな四角形となって不動のままに輝いていた。

私たちは窓に近寄った。家の壁から軒まで一面、炎のように赤い空が広がり、空は、雲も星も太陽もなく、地平線へと続いていた。空の下には同じように一面の暗赤色の荒野が広がっており、死体で覆われていた。死体はみな裸で足をこちらに向けており、私たちからは足の裏とあごの三角形しか見えなかった。静かだった——明らかにみな死んでおり、果てしない荒野にはこの脅威から逃れられた者はいないようだった。

「あれはもっと増えるぞ」兄が言った。

彼も同様に窓際に立ち、いや、そこには皆がいた。母、妹、そして、この家に住んでいた全ての人々が。彼らの顔は見えなかったが、その声だけで彼らだと分かった。

「もしかしたら、ね」妹が言った。

「いや、本当だ。見てみろ」

たしかに死体は数を増やしていた。私は注意深く原因を探し、発見した。ある死体の隣にあった空間に突然、死体が現れたのだ。どうやら大地から湧き出ているようだ。すぐに空いていた場所はすべて埋まってしまい、大地は、素足を私たちに向けて横たわる、淡くバラ色の光を放つ死体によって明るくなった。すると、部屋の中も淡いバラ色の死の光で明るくなっていた。

「おい、場所が足りなくなるぞ」そう言ったのは兄だった。

母がそれに答えた。

「もう、ここに一人いるよ」

私たちが辺りを見回すと、後ろの床に、裸の、淡いバラ色の光を放つ、頭を反らした死体が横たわっていた。すると、一人、もう一人とそのそばに死体が現れた。大地は次々に死体を生み出し、淡いバラ色の光を放つ死体の規則的な列は、すぐに部屋中にいっぱいになってしまった。

「やつらは子供部屋にもいます」乳母が言った。「私、見ました」

「逃げないと」妹が言った。

「いや、逃げ場はない」兄が言った。「見ろ」

たしかに彼らの素足はすでに私たちに触れており、手と手がぴったりと合わさって横たわっていた。すると、死体がかすかに身動きし、震えたかと思うと、規則的な列のまま、持ち上がった。大地から新たな死体が現れ、そのために列がせりあがったのだ。

「窒息させられてしまう！」私は言った。「窓から逃げよう」

「そっちは無理だ！」兄が叫んだ。「無理だ、何があるか見てみろ！」……窓の外、赤黒い不動の光の中、そこには紅の笑みがあった。

一九〇四年十一月八日

七人の死刑囚

――― 主要登場人物 ―――

セルゲイ・ゴロビン　元将校
ヴァシリー・カシリン　23歳、臆病
ヴェルナー（仮名）　主犯格
ターニャ・コヴァルチュク　若いが母性発揮
ムシャ（仮名）　冷静な少女
イヴァン・ヤンソン　エストニア人農夫
ミハイル・ゴルベツ　別名ジプシーのミーシカ

1　一時です、閣下

大臣はまるまると太った人物で、卒中の気があるため、極度の興奮を避けるよう細心の注意を払っていたが、暗殺という、ただ事ではない報せを受けた。報告を聞く大臣の様子は落ち着いており、笑みを浮かべる余裕さえあったので、部下たちはさらなる詳細を報告することにした。暗殺は明日の昼、大臣が書類を携えて省を出るところを狙うものであります。爆弾と拳銃を所持した、数名のテロリストが一時に省の玄関口に集まるという情報が、すでにスパイから報告されており、現在、その数名は捜査官の厳重な監視下にあります。大臣が出省するのを待ちかまえていることは間違いありません。そこで彼らを逮捕致します。

「待ってくれ」大臣は驚く。「そいつらは、どこから私が一時に書類をもって出発するという情報を仕入れたのだ、私だってそのことを知ったのは午後の三時だったというのに」

警備の責任者はあいまいに手を振った。

「ちょうど一時ですね、閣下」

これほどまでに万事うまくとりまとめた警官の行動に、驚いたとも賛成したともつかない態度で、頭を振った大臣は、黒く分厚い唇に陰気な笑みを浮かべた。その同じ笑みで、これ以上警官の邪魔はしたくないといった従順な態度を示し、素早く準備を整えて歓待用の宮殿へ、夜を過ごすために出発した。彼の妻と二人の子供も同様に、その周辺に爆弾犯の集まるとされる危険な家屋から連れ出されることとなった。

離宮に明かりが灯り、愛想のよい、見知った顔たちが挨拶をし、微笑み、憤慨する中、高官は心地よい興奮を覚えていた――まるで彼に予期せぬ大きな褒賞がすでに与えられたか、あるいはこれから与えられるかのように。しかし、人々が去り、灯りが消えると、レースを透かしたように曖昧な電灯の光が、窓ガラス越しに天井や壁を射した。彼の絵画や彫刻、そして外から侵入してきた静寂の居坐る家において、静かでぼんやりとした存在である彼自身は異物であり、鍵や警備員、壁など意味がないのではないか、という不安な思考が湧き起こった。この夜、見知らぬ寝室にある静寂と孤独の中で、高官は耐えがたいほどの恐怖に見舞われたのだった。

彼の腎臓には何らかの問題があり、強く興奮するたびに水が全身を巡り、顔や腕、足がむくみ、彼の姿は、さらに大きく、太く、巨大になったかのように見えた。そして今、圧し潰されたベッドのスプリングの上に聳え立つ、腫れあがった肉の山のようになった彼は、病人特有の憂鬱を覚えながら、自らの膨れた、まるで他人のような顔面を感じ取り、人々が彼に残酷な運命を課しているという思いにしつこくつきまとわれることとなった。彼の上司や、さらに高い地位の人々へ爆弾が投げられ、その身体をバラバラにし、脳みそを汚れたレンガ壁に跳ね散らかせ、歯茎から歯を落とすような、ひどい事件が次々と思い浮かんだ。この記憶によって、ベッドに横たわった大臣自身の太った病人の身体は、すでに別人のものとなり、はやくも爆発による炎の威力を体験したかのように思えた。肩に付いた腕は胴体から離れ、歯は抜け落ち、脳はバラバラに分解され、足は痺れて死人のように指を上に向けて大人しく横たわっているようだった。彼は懸命に体を揺らし、大きく呼吸し、死人に間違われないように咳をし、ベッドのスプリングのギシギシという音、毛布の衣擦れの音などの生きた音で自分の周囲を取り囲んだ。そして、自分が完全に生存しており、絶対に死んではいないし、他の全ての人と同じように死からは遠いものだと示すために、寝室の静寂と孤独の中で、大きな、途切れがちな低い声で声をあげるのだった。

「よくやった！　よくやった！　よくやった！」

これは彼の命を守り、手際よく巧みに殺人を警告してくれた巡査、警察、兵士のことを褒める言葉だ。だが、身動きをしても、賞讃の言葉を口にしても、無理矢理に作ったことで歪んでしまった笑みを浮かべることで敗北者であるテロリストに軽蔑の意を示そうとしても、彼はまだ自らが救われる、人生は彼の元からなくなることはない、と信じることができなかった。彼のために計画され、今はまだ彼らの考えや意図の中にしかないはずの死が、すでにここに存在しているかのように、それは犯人たちを捕らえ、彼らから爆弾を奪い、強固な刑務所に収容するまで、消えることなく存在し続けるのだ。ほら、隅に死が居坐ったまま立ち去らない――誰かの意思、命令で護衛に立っている従順な兵士のように立ち去ることはできないのだ。

「一時です、閣下!」会話したフレーズが、様々な声色で響いた。時に陽気に嘲るように、時には怒ったように、時には強情でうつろに。まるで寝室に何百という稼働している蓄音機が置かれているようだった。それらすべてが、次々に機械の愚かしいまでの勤勉さで、指示された言葉を叫び続けるのだ。

「一時です、閣下」

この明日の〈一時〉という時刻は、つい最近までは他の数字と変わらない、金時計の文字盤を進む針の静かな運行だったが、不意に、不気味なほどの信憑性をもって文字盤から飛び出し、単独で生命を持ち、巨大な黒い柱にまでその身を増大させ、人生のすべてを二つに分断してしまった。まるでそれ以前にも、それ以後にも他の時間は存在せず、その思いあがった傲慢な時刻だけが特別に存在する権利を持っているとでもいうかのように。

「ああ、お前は何を求めているのだ?」腹を立てた大臣はもごもごと言った。

蓄音機が叫んだ。

「一時です、閣下！」黒い柱は、にやりと笑って頭を下げた。

歯ぎしりをして起き上がった大臣は、坐り直し、掌に顔を埋めた――この忌まわしい夜、彼は一睡もすることができなかった。

香水のふりかけられた、ふっくらとした手で顔を覆いながら、彼は恐ろしいほどの明晰さで思い浮かべる。明朝、何も知らない彼が起き上がり、何も知らずにコーヒーを飲む、それから玄関で着替える。彼も、毛皮のコートを差し出す玄関番も、コーヒーを給仕する召使いも知らないのだ、コーヒーを飲むことも、毛皮のコートを着ることも、全く無意味だということを。数秒後には、コートも彼の身体もコーヒーも、彼の身体にまつわるすべてが、爆発によって破壊され、死をもたらされることを。さぁ、玄関番がガラス張りの扉を開ける……この彼が、青い兵士の目を持つ、胸のあちこちに勲章を着けた、感じの良い、善良な、優しい玄関番が、自らの手で恐ろしい扉を開けるのだ――これから起きることを何も知らないから、彼は扉を開ける。皆、笑っている、何も知らないから。

「おお！」彼は不意に大声を出し、ゆっくりと掌から顔を上げた。

緊張した、ピクリとも動かない瞳で、遥か前方の暗闇を見つめながら、同じようにゆっくりと手を伸ばし、角型のライターを手探りして火を点けた。立ち上がり、靴も履かずに裸足のまま、見知らぬ他人の寝室のカーペットの上を歩き回り、壁掛けランプにあった、もう一つの角型ライターを見つけ、また火を点けた。これで明るく、気持ちが晴れやかになる。ただ床に毛布がずり落ち、かき乱されたベッドだけが、まだ完全には恐怖が過ぎ去っていないことを物語っていた。

寝間着姿の大臣は落ち着かない様子で、ひげは乱れ、瞳は怒りに満ち、不眠症と重度の息切れを抱え、腹を立てた老人のようだった。まるで、人々が彼のために計画した死が彼自身を剥き出しにして、周りを取り囲んでいた豪華さや感銘を受けるような壮麗さを引き剥がしてしまったようだった――それほど多大な権力を彼が有していたとは信じられない、その身体はこんなにありふれた、普通の人間の身体であるというのに。巨大な爆発の炎と轟音にさらされれば恐ろしさで死んでしまうだろう。服を着ていないが寒さを感じることもなく、最初に行き会った椅子に坐った彼は、乱れたあごひげを手で支え、深く穏やかな物思いに耽りながら、浮き彫りのある見知らぬ天井にじっと視線を据えた。

それが問題なのだ！　それ故に、彼はこれほどまでに怖気づき、不安なのだ！　それ故に死は部屋の隅にじっとして、消えることができないのだ！

「馬鹿どもめ！」彼は軽蔑するように重々しく言った。

「馬鹿どもめ！」彼は関係者に聞こえるように軽く顔を扉に向け、大声で繰り返した。関係者とは、彼が先ほどよくやったと褒めていた者や過剰なほどの熱意で差し迫った彼の暗殺計画について詳細に語った者たちのことである。

「まあ、もちろん」不意に強く、柔軟になった思考が彼の深いところで思考する。「事情を聞いて、知ってしまったが故に私は恐怖している、何も知らなかったなら、落ち着いてコーヒーを飲めていたことだろう。それに、もちろん、これは死だが――果たして私は、これほどまでに死を恐れる必要があるのだろうか？　私は腎臓を傷めており、いつか死ぬわけだが、私は少しも恐怖を感じていない、それは何も知らないからだ。だが、あの馬鹿どもは言ったのだ、午後一時です、閣下、と。馬鹿どもめ、馬鹿どもめ、私は幸せだったのに。代わりにあいつが部屋の隅から消えなくなってしまった。あれは私が考えたものだから、消えることはないのだ。死は恐ろしいものではない、知ることが恐怖なのだ。もし、人が完全に正確に確実に自分の死ぬ日を知っているとしたら、生きることなどまったくの不可能だっただろう。だが、あの馬鹿どもは予告したのだ、〈一時です、閣下！〉と」

誰かが彼は不死であり、死ぬことはないと言ったかのように、気持ちが軽く、明るくなった。思考することもなく、厚かましくも謎めいた未来へと押し入ろうとする、この愚か者どもの群れの中で、自分だけは強く賢いと感じ、年老いて病んだ、多くのことを経験した者として、重い考えに沈みながら、無知であることの幸福を考えた。生きるものは人間であれ動物であれ、自分の死ぬ日時を知る能力はない。つい先ごろも彼は病気で、医者から死を宣告され、最終通告をしなければならないと言われていたが、彼はその言葉を信じることはなかったし、実際、彼はまだ生きている。若い頃、人生に混乱し、自殺を決意したことがあった。拳銃を用意し、遺書も書き、自殺の時刻まで設定していたが――死の直前で不意に思いなおした。いつでもそうだ、最後の最後の瞬間に何かが変わるかもしれない、何か予期せぬ出来事が起こるかもしれない。だから、誰も自分がいつ死ぬのかを語ることはできないのだ。

「一時です、閣下」と、親切なロバどもが彼に言ったのだ、死を防ぐことができるからというだけの理由で。何時殺されるかということを知っているというだけで、恐怖でいっぱいになるというのに。いつか殺されるかもしれないというなら、まだ許せる、しかし、それは明日というのはダメだ――明日はダメだ――不死であれば、落ち着いて眠ることもできるだろうが。馬鹿どもめ、奴らはどれほど偉大な法を転覆させたのか、どんな穴を開けてしまったのかも知らずに、愚かな親切心で告げたのだ〈一時です、閣下〉と。

「いや、午後一時です、閣下、ではないのだ、何時それが起こるかは、分からないのだ。何時かは分からないのだよ。なんだって？」

「なんでもありません」沈黙が答えた。「なんでもありませんよ」

「いや、お前は何か言ったぞ」

「なんでもありません、下らんことです。私は、明日の午後一時、と言ったのです」

突然、憂鬱が心に鋭く突き刺さり、彼は悟ったのだ、この忌々しい、黒い文字盤から引き抜かれたこの時間を過ぎぬ内は、眠りも、安息も、喜びも、彼に訪れることはないのだ、と。生き物が知ってはならない知識の影が部屋の隅に立っている、光を遮り、人を一寸先も見えぬ恐怖の闇へと追い立てるには、それだけで十分なのだ。一度不安になると、死の恐怖が身体中を駆け巡り、骨まで浸み込み、身体中の穴という穴から、蒼ざめた知恵を抜き取ってしまう。

彼は、明日の暗殺計画については、すでに恐怖しておらず——それは消え失せ、忘却され、彼の人間生活を取り巻く敵意ある人や事実に紛れ込んでいた——突発的で不可避的なものを恐れだしていた。それは脳卒中や心臓破裂、繊細で馬鹿げた大動脈が突然、高血圧に耐えきれなくなって、むっちりとした指にはめられ、ぴんと張った手袋のように、破裂してしまうことだった。

短く太い首は恐ろしく、短く膨れた指を見るのも、その指が短く、死の水に満ちていることを感じるのも堪えられなかった。さっきまで暗闇の中では、死者と似ないようにと身動きしていたが、今、この明るい、冷たい敵意に満ちた、恐ろしい光の中では、タバコを吸うとか、人を呼ぶとか、身動きするのは恐ろしく、不可能なことに思えた。神経が張りつめていた。神経はすべて逆立ち、ひん曲がった針金のように思え、その頂点にある小さな頭では、目が狂ったように見開かれ、口はぱくぱくと大きく開けられ、呼吸困難で言葉が出てこなくなっていた。息ができない。

不意に、埃と蜘蛛の巣にまみれた天井のどこからか、電鈴が鳴り響いた。小さな金属の舌が恐怖に震え、痙攣的に、金属のカップの端を叩き、沈黙し——再び、絶え間ない恐怖と鐘の音に揺れ動いた。それは大臣の部屋から鳴り響いていた。

人々が駆け回り始めた。シャンデリアや壁に、それぞれのランプが燃え上がった——光を作るには小さかったが、影を作るには十分なものだった。部屋の隅に立っていたり、天井いっぱいに広がったりと影はいたるところに現れた。揺らめきながら、各々の高みにしがみつき、壁に寄りかかっていた。これら無数の異形の物言わぬ影、物言わぬ者たちの物言わぬ魂が、何処から来たものかを知ることは人の手には余るものだった。

太く震える声が大声で何か話していた。その後、電話で医者が呼ばれた。大臣の具合が悪いのだ。大臣の奥方も呼ばれることになった。

2 絞首刑

ことは警察が予想したとおりになった。男が三人に女が一人という構成の四人のテロリストは、爆弾や時限爆弾、拳銃で武装をしていたが、ちょうど玄関口で逮捕され、根城にしていた秘密のアジトも見つかり、持ち主の女も逮捕された。この際、ダイナマイトや装塡しかけの爆弾、銃器といったものが大量に押収された。逮捕された者たちは全員、非常に若く、年長の男でも二十八歳、最年少の女は十九歳だった。裁判は、逮捕後に彼らを拘留していた要塞で行われ、この容赦ない時代に行われていた裁判と同様、迅速かつ密室にて行われることとなった。

裁判中、五名は全員、落ち着いてはいたが非常に真剣で物思いに沈んだ様子だった。それほどまでに裁判に対する軽蔑が大きかったということだろう、余計な笑顔を浮かべたり、偽りの陽気さで自分たちの勇敢さを示すことすら、誰もしたがらなかった。彼らは、自らの魂と大きな死を目前にした闇を、見知らぬ邪悪で敵意ある視線から守れるくらいには冷静だった。彼らは時に質問への回答を拒否したが、時々は回答した――短く、簡単に、正確に、まるで裁判ではなく、統計について何らかの表を埋めるために答えているようだった。女性一人と男性二人の計三人は実名を名乗ったが、二人は実名を明かすことを拒否し、裁判でも不明のままだった。彼らは裁判で起こったすべてのことについて、重篤な病人か、全てを飲み込むような大きな思想に囚われた人々特有の、霧を透かしたような、ぼんやりとした好奇心を示した。素早く視線を向けたかと思うと、すぐに他よりも興味深い言葉を見つける――そして、停止していた部分から再び思考を始めるのだ。

最初に名乗ったのは、セルゲイ・ゴロビン、退役陸軍大佐の息子で、自身も元将校だった。これは、まだ幼い、金髪で肩幅の広い若者であり、とても健康的で、刑務所だろうと目前に迫る死だろうと、その頬の赤みやその青い瞳にある、若者が持つ幸福な純朴さを彼から拭い去ることはできないほどだった。彼は、まだ慣れない明るい色をしたもじゃもじゃのあごひげを始終、精力的につまみながら、じっと、目を細め、瞬きしながら窓を眺めていた。

裁判が行われたのは冬の終わり、吹雪と曇った極寒の最中にあって、遠くない春が先駆けのように、晴天の、暖かな太陽の光る日を届けてくれた時期、あるいはたったの一時間だけだが、春らしく、貪るような若さと煌《きら》めきがもたらされ、街路のスズメたちが酔っ払ったように狂喜するような時期だった。今、去年の夏以来掃除されていない埃だらけの高窓からは、ひどく奇妙な美しい空が見えた。一見すると、乳白灰色や煙色に見えたが、もっとよく見ると――その中に青みが滲《にじ》み出ており、その青はより青く、より鮮やかに、果てしないものになっていく。一気に青が現れるのではなく、貞淑にも薄い雲の霞の中に隠れていたことが、空を、愛する少女のように愛しく思わせてくれた。セルゲイ・ゴロビンは空を眺めながら、あごひげをつまみ、長く柔らかな睫毛《まつげ》をした目を片方ずつ細めては、熱心に何かを思案していた。一度など、素早く指を動かし、なにか、喜びのようなもので無邪気に顔にしわを寄せたほどだったが――周囲を見回すと、それは踏みつけられた花火のように消えてしまった。ほとんど一瞬のことだった、頬の赤みを貫通し、青白くなる間もなく、土気色の死人のような青が顔に現れた。巣から痛みを伴って毟《むし》り取られた毛は、指先が白くなった指の間で万力のように握りつぶされていた。しかし、人生や春の喜びの方が強かった――数分後には以前のような、若く、無邪気な表情が春の空へと向けられていた。

若く、青白い顔の少女もまた、空を見ていた。彼女は名乗っていないので、仮にムシャとしておこう。彼女はゴロビンよりも年若かったが、その厳しさや、まっすぐで誇り高い瞳の黒が彼女を年上に見せていた。彼女の年齢を物語っているのは、細く柔らかな首と、同じように細い腕だけだった。その声は高級な楽器のように澄み渡り、調和がとれた申し分のない状態であり、その言葉や、感嘆の一つ一つに音楽が見いだされていることも、彼女の年齢を捕らえがたいものにしていた。彼女はとても青白い顔をしていたが、それは死人のような青白さではなく、その内側に強く巨大な炎が燃える人特有の熱い白さであり、身体は洗練されたセーヴル磁器の透明さで輝いていた。彼女はほとんど身動きせずに坐っており、ただ時々、気付けないほどの動きで、右手中指の、くぼんだ帯となっている、つい最近外した指輪の感触を確かめていた。彼女は空を眺めていたが、それは愛情や楽しい思い出のためではなく、ただ、この汚れた政府庁舎において、この空の青い欠片だけが、最も美しく、清らかで、嘘偽りのないものであり——彼女の瞳を覗こうとするものではなかったためである。

裁判官たちはセルゲイ・ゴロビンのことを憐れんでいたが、彼女のことは憎んでいた。

彼女の隣には、多少堅苦しい姿勢で同様に身動きしない男が、膝の間に手を置いて坐っていた。彼も名乗っていないので、その名をヴェルナーとしておこう。もし、人の顔が密閉扉のように閉じることができるとしたら、この名も知らぬ男は鉄の扉で閉じられ、その扉には落鉄の錠がかけられていたことだろう。彼は不動の姿勢で汚れた板床を眺めており、それは落ち着いているのか、延々と不安に駆られて何かを考えているのか、はたまた巡査たちが法廷に提示している内容を聞いているのか、読み取ることができなかった。彼の背丈はそこまで高くはなく、その顔は繊細で高貴なものだった。とても柔和で美しく、南部のどこかの海岸で糸杉と、そこから黒い影の伸びる月夜を連想させられたが、同時にとてつもなく大きく、静かな力、抗しがたいほどの強硬さ、冷たく厚かましいほどの雄々しさといった感情が呼び起こされた。彼は非常に礼儀正しく、端的に、正確に回答していたが、彼の言葉や軽い会釈から溢れる慇懃さには危険なものが感じられた。もし、他の囚人たちが着ている囚人服がバカげた道化に見えたとしても、彼の着ている姿がそう見えることは絶対になかったろう——それほどに囚人服と彼は異質なものだった。爆弾や時限爆弾が押収されたのは他のテロリストたちであり、ヴェルナーからは拳銃しか見つからなかったにも拘《かかわ》らず、裁判官はどういうわけか、彼を主犯格とみなし、彼にはある種の敬意をもって、同様に簡潔に、てきぱきと話しかけるのだった。

次はヴァシリー・カシリン、混じりっ気のない耐えがたい死の恐怖と、同様に、この恐怖を封じ込め、裁判中に恐怖を見せたくないという絶望的な願いを抱いていた。朝、法廷に連れてこられるや否や、彼の心臓の鼓動は早くなり、彼は息苦しくなっていた。額からは始終汗がしたたり落ち、腕も汗で冷たくなっており、汗まみれで冷たくなったシャツは彼の動きに合わせて身体に吸着するのだった。尋常ではないほどの意思の緊張によって、彼は指の震えを止め、声色も毅然とした明瞭なものとし、瞳を穏やかなものにさせていた。周囲の一切が視界に入らず、聞こえてくる声は霧の向こうから、声を発するときも霧の向こうへ必死になって――毅然と、大きな声で答えていた。しかし、質問に答えると、彼は質問も自らの答えも忘れてしまって、再び静かな、恐ろしい、恐怖との戦いを繰り広げるのだった。死は彼の中にひどくはっきりと表れており、裁判官たちも彼を見つめることを避け、すでに腐敗の始まった死体のように彼の年齢を判断することが難しくなっていた。パスポートによると、彼はまだ二十三歳だった。一度か二度、ヴェルナーが彼の膝に触れたが、その度に彼は一言で返していた。

「なんでもない」

彼にとって最も恐ろしいのは、悲鳴をあげたいという耐えがたいほどの欲求が突如として湧き起こることだった――言葉もなく、獣のような、絶望的な叫びを。そこで彼が静かにヴェルナーに触れると、彼は視線も上げずに静かに答えたのだった。

「なんでもないよ、ヴァーシャ。じきに終わる」

五人目のテロリスト、ターニャ・コヴァルチュクは母親のような思いやりの視線で皆を抱きしめながらも、不安にさいなまれていた。彼女に子供がいたことはない。彼女はセルゲイ・ゴロビンのように、まだ頬が赤いほどの非常に若い女性だったが、囚人たちの母のような存在と目されていた。それほどまでに彼女の視線や微笑《ほほえ》み、そして不安は、思い遣りのある、限りない愛に溢れたものだったのだ。裁判中、彼女は自分が無関係であるかのように誰にも注意を払わず、ただ、他の者が答えるのを、声が震えていないか、怖がっていないか、水を与えるべきか、といった視点で聞いているのだった。
ヴァーシャについては、愁いに締め付けられ、見ていることができず、ただ、自分のふっくらとした指を静かに折ることしかできなかった。ムシャとヴェルナーについては、誇りと敬意をもって見つめ、真剣でひたむきな顔を作った。セルゲイ・ゴロビンについては、笑顔を向けるように努めていた。〈いい子だ、空を見ているのだね。見ればいい、見ればいいよ、お前さん〉彼女はゴロビンのことを考えていた。〈ヴァーシャは？　なんてこった、神様、神様……　私はあの子に何をしてやったらいいのでしょう？　何か言っても、余計悪くなっちまう。もし、突然泣き始めてしまったら？〉
夜明けの静かな池が水面に流れる雲を映し出すように、ふっくらとした感じの良い善良な顔に、この四人への考え、瞬間的な感情の全てが映し出されていた。自分も裁判にかけられ、絞首刑に処されるという事実について、彼女は一切考えておらず、まったくの無関心だった。彼女の部屋で爆弾とダイナマイトが大量に見つかった。そして奇妙なことに――警察に遭遇した彼女は、発砲し、巡査の一人の頭部を負傷させた。
裁判は八時に終わったが、外はすでに真っ暗だった。ムシャとセルゲイ・ゴロビンの目の前で青い空は徐々に消えていき、夏の夜のようにバラ色になることも、静かに微笑むこともなく、濁って、灰色になり、突然、冷たい冬の空へと変化した。ゴロビンはため息を吐いて伸びをし、もう一、二度窓を見たが、すでに冷たい夜の暗闇になっていた。あごひげをつまむことを続けながら、子供のような好奇心で裁判官や銃を持った兵士を眺め始め、ターニャ・コヴァルチュクに微笑んだ。ムシャも空が暗くなる頃には落ち着いており、地面に視線を落とすこともなく、蜘蛛の巣が室内暖房の目に見えない蒸気によって静かに揺れている隅へと視線を移し、判決が言い渡されるまで、そのままの姿勢でいた。

判決が言い渡された被告人たちは、燕尾服を着た弁護人に別れを告げ、寄る辺なく途方にくれたような哀れっぽい、罪悪感に満ちた彼らの目を避け、つかの間、玄関で向かい合い、抱き合い、短い言葉を交わし合った。

「なんでもないさ、ヴァーシャ、すぐにすべて終わる」ヴェルナーが言った。

「そうだな、兄弟、なんでもない」大きな、穏やかな声で、まるで陽気であるかのようにカシリンは言った。

確かに、彼の顔はほんのり赤みがかり、もはや腐乱死体の顔には見えなかった。

「畜生、どうしたって僕らは絞首刑だ」ゴロビンが子供っぽく暴言を吐いた。

「こんな風になると思っていたよ」ヴェルナーが穏やかに答えた。

「明日、判決の最終宣告があったら、私たちは一緒に投獄されるわ」慰めるようにコヴァルチュクが言った。「死刑執行までは一緒に居られるわ」

ムシャは黙っていた。そして、決然と前へと歩みを進めた。

3　私に絞首刑の必要はない

テロリストたちに判決が下る二週間前、被告人は異なるが同一の裁判所にて裁判が行われ、農民のイヴァン・ヤンソンに絞首刑の判決が下った。

イヴァン・ヤンソンは裕福な農場経営者のところで小作人をしており、その点においては他の貧農労働者と何ら変わるところはなかった。彼は元々ヴェゼンベルグ出身のエストニア人だったが、数年かけて徐々に農場を移って首都に移動してきていた。ヤンソンはロシア語がとても下手《へた》だったし、ラザレフという名前の彼の雇い主であるロシア人もエストニアと接点はなかったため、丸二年の間、ヤンソンが喋ることは、ほとんどなかった。どうやら彼は概して人間だけでなく、動物たちとも話す性質ではないらしく、黙って馬に水をやり、黙って馬を馬車に付け、ゆっくりと怠惰に、小さな自信のない歩幅で馬の周りを歩き回り、馬が彼の無口に気を悪くして、駄々をこねて飛び跳ねると、無言で鞭を打っていた。彼は無慈悲に、冷酷で邪悪な執拗さでもって馬を殴るのだが、もし、重度の二日酔いの際に鞭を打つような事態になった場合、その様子は狂乱の域にまで達する。そんな時は、鞭の音と、驚き、痛みに満ちたカタカタという納屋の床板を叩く蹄の音が、住居にまで響いてくるのだった。ヤンソンが馬を殴るので、雇い主も彼を殴ったが、矯正することはできず、そのまま放っておくことになった。ヤンソンが酔っぱらうのは月に一、二度だったが、それは大抵、主人が彼を軽食堂があるような大きな鉄道駅に連れて行く日に起きた。主人を橇《そり》から降ろした彼は、駅から半露里ほど離れた場所で、道路脇の雪に馬と橇を埋まらせ、列車の発車を待つのだった。橇は、ほとんど横倒しになっており、馬は足を不格好に広げて雪だまりに腹まで潜り込み、時々、柔らかくふわふわした雪を舐めようと鼻面を下へと伸ばし、ヤンソンはといえば、居眠りをするような不格好な姿勢で横になっていた。毛が抜け、耳あても取れた毛皮の帽子は、セッター犬の耳のように、だらりとぶら下がり、小さな赤みがかった鼻の下で濡れていた。

その後、駅に帰ったヤンソンは、時を置かずに酒をがぶ飲みするのだった。

彼は、農場への帰り道の十露里はすべて全速力で駆って行くことにしていた。鞭を打たれ、恐怖に駆られた馬は、狂ったように四本の足を動かし、橇は右へ左へと傾き、柱にぶつかりながらも走っていき、ヤンソンは手綱を下ろし、毎分、橇から放り出されそうになりながらも、歌ったり、エストニア語で途切れがちな、意味不明なフレーズを叫んだりするのだった。だが、たいていの場合は歌うこともせず、黙ったまま、押し寄せてくる未知の怒りや苦しみ、喜びに、ぐっと歯を食いしばり、行き会う人にも目もくれず、大声を出すこともなく、曲がり角だろうと下り坂だろうと、狂ったペースを落とすこともなく、盲目のように前方へと、橇を走らせていった。このような異常な旅路の中で、どうやって人を轢かずにいられたのか、どうやって追突事故を起こさずにいられたのか――それは今もって、謎のままである。

他の場所から追い出されたように、もうずっと以前から彼はそこを追い出されるはずだったのだが、賃金も安く、他に良い働き手もいないということで、二年の間、今の仕事場に留まっていた。ヤンソンの生活には、事件と呼べるようなものは何もなかった。ある時、彼はエストニア語の手紙を受け取ったが、ヤンソンは文字が読めなかったし、他の者はエストニア語が分からなかったので、手紙は読まれないままだった。ヤンソンは粗野で残忍な無関心さで、手紙が祖国から送られてきたものと理解できないかのように、それを堆肥《たいひ》に捨ててしまった。他にもヤンソンはどうやら女に飢えていたようで、料理女に言い寄っていたのだが、上手くいかず、乱暴にはねつけられ、笑いものにされてしまった。彼は背も低く、ひ弱で、顔はそばかすだらけ、瞳は無気力で眠たげで、汚い暗緑色をしていた。ヤンソンは自分の失敗を無関心に受け止め、それ以降、料理女にかかずらうことはなくなった。

しかし、控えめに言っても、ヤンソンは常に何かを気にしているようだった。彼は、雪に埋もれた小さな墓の列のような、凍った堆肥の山がある物憂げな雪原や青く穏やかな遠景、耳鳴りを響かす電信柱、人々の声に耳を傾けていた。雪原や電信柱が何を話していたかを知る者は彼だけだったが、人々の会話は殺人、強盗、放火などの噂ばかりで、不安に満ちたものだった。ある夜のこと、隣村にある呼び鈴のような小さな鐘に鶴嘴《つるはし》が当たる音が寄る辺なく、弱々しく聞こえるように、炎の爆ぜる音がパチパチと聞こえてきたという。よそ者が裕福な農場に押し入り、そこの主人と細君を殺し、家屋に火を放ったというのだ。

そのため、ヤンソンたちのいる農場では不安の中で生活が送られていた。夜だけでなく昼も犬を放し飼いにし、夜になると主人は身近に銃を置いておいた。古い単身銃ではあるが、ヤンソンにも同様のものを渡そうとすると、彼は手の中で銃をひっくり返し、首を振り、どういうわけか拒否した。主人はヤンソンに断られた理由が分からず彼を罵ったが、ヤンソンとしては古い錆びだらけの銃よりも自分の持つフィンランド製のナイフの力を信じていたのだ。

「これが、私を殺しちゃう」ヤンソンは生気のない瞳で、眠たげに主人を見ながら言った。

主人はお手上げだ、というように手を振った。

「お前はバカだ、イヴァン。バカたちと一緒に生きてりゃいい」

この銃を信頼していないイヴァン・ヤンソン自身が、他の労働者が駅に連れていかれた夜に、強盗、殺人、女性の強姦という、全くもって複雑怪奇な犯罪を実行したのである。彼の犯行は驚くほど単純なものだった。料理女を台所に閉じ込め、ひどく眠たそうなくらい怠惰に主人の背後に近寄り、素早く、何度も、ナイフでその背中を刺したのだ。主人が意識を失って倒れると、奥方はあたふたと動き回り、悲鳴を上げ、ヤンソンは歯を剥き出しにして笑い、ナイフを振り回し、衣装箱やタンスをひっかきまわし始めた。金が手に入ると、まるで初めて奥方に気づいたかのように、突然、彼女を襲おうと突進していった。しかし、その時、彼がナイフを落としたことで、奥方は勢いづき、強姦を阻止するにとどまらず、危うく彼を絞め殺すところだった。さらに、主人が床から這い出し、料理女がフライパンの柄で音を立て台所の扉を叩き壊したので、ヤンソンは外へ逃げだした。一時間後、彼は納屋の隅にしゃがみ込み、湿気たマッチに次々と火を点け、放火を試みていたところを捕まった。

数日後、主人は敗血症で亡くなり、強盗犯や殺人犯の列にいたヤンソンに順番が訪れ、裁判が行われると、死刑が宣告された。裁判中の彼はいつも通り、小さく、ひ弱で、そばかすだらけの顔に生気のない、眠そうな目をしていた。彼は起こったことの意味を一つも理解していないかのように、まったくの無関心な様子だった。白い睫毛を瞬きさせ、ぼんやりと、何の興味もない様子で見慣れぬ、堂々たる広間を見渡し、硬く、荒れて曲がらない指で鼻をほじっていた。日曜日の教会で彼を見かけていた者なら、多少は彼も着飾っていることが見抜けただろう。首には汚い赤色をした手編みのスカーフを巻き、ところどころ髪の毛を濡らしていたのだ。髪を濡らした部分は黒く、滑らかになっており、それ以外の場所は明るく薄い頭髪が突き出ており――まるで雹《ひょう》に打たれて痩せ細った畑の藁《わら》のようだった。

判決で絞首刑が宣告されると、ヤンソンは急に不安になった。彼は顔を真っ赤にして、首を絞めるようにスカーフを巻いたりほどいたりし始めた。それから、彼は要領を得ないやり方で手を振り、判決を宣告しなかった裁判官に向けて何か言い、判決を読んだ裁判官を指さした。

「彼女は私に絞首刑と言いました」

「彼女とは、誰のことか？」判決を読み上げた議長が、低音の低い声で訊ねた。

皆、口元をひげや書類で隠しながら笑ったが、ヤンソンは人差し指で議長を指差し、腹立たしそうに、顰《ひそ》めた眉の下から答えた。

「お前！」

「なに？」

ヤンソンは再び、黙ったまま、笑いをこらえている裁判官に目を向け、繰り返した。ヤンソンは、この男には友情を感じ、判決には何も関係ないと思っていたのだ。

「彼女は私に絞首刑と言いました。私に絞首刑の必要はない」

「被告人を連行しなさい」

しかし、ヤンソンはもう一度、切に、重々しく繰り返す余裕があった。

「私に絞首刑の必要はない」

彼の小さな怒った顔はあまりにも愚かしく、伸ばした指で威厳を作ろうとも意味がなかったので、広間から連行する護送隊の兵士も規則を破り、小声で彼にこう言った。

「バカだな、お前は」

「私に絞首刑の必要はない」ヤンソンは頑なに繰り返した。

「よろしく吊るされてもらいな、足をひくつかせる暇もないだろうぜ」

「おい、おい！　黙っていろよ！」別の護送隊員が腹を立てて叫んだ。だが、自身も抑えることができず、付け加えた。「まったく、強盗だと！　バカめ、なんで人間の魂をすり減らしちまったんだ？　さあ、これから首を吊ってもらうぞ」

「もしかしたら、恩赦があるんじゃないか？」ヤンソンを気の毒に思った最初の兵士が言った。

「もちろん、こういうやつらは恩赦があるべきだろう……　さあ、もう十分話したろう」

だが、すでにヤンソンは黙っていた。彼が再び連れていかれた監房は、すでに一か月もいた場所で、これまで、全てに慣れていったように、彼はここにも慣れっこになっていた。殴られることにも、ウォッカにも、墓地のように丸い、堆肥の山に覆われた陰鬱な雪原にも慣れていったように。彼は自分のベッドや鉄格子の付いた窓を見、食べ物を与えられると――彼は朝から何も食べていなかった――幸せすら感じた。唯一不快だったのは裁判で起きたことだが、彼は裁判について考えることもできなかったし、そのつもりもなかった。絞首刑なんて、まったく想像もできなかったのだ。

ヤンソンには死刑判決が下されたが、彼のような囚人はたくさんいたので、監獄では重要犯と見なされることはなかった。そのため彼は、死に直面していない他の全ての者たちと同じように、用心することも、敬意を払うこともなく話すことができた。まるで彼の死を死と見なしていないかのように。判決を知った看守は、説教口調で彼に言った。

「どうだ、兄弟！　首を吊ることになったな！」

「いつ、私は吊るされるのです？」信じられないといった風にヤンソンは言った。

看守は思案した。

「そうだな、兄弟、ちょっと時間がかかるだろうな。まとまった数を集めないといかんのだ。一人やって、また一人なんて、せっせと働く必要もないだろう。支度が必要なのだ」

「それで、いつです？」ヤンソンはしつこく訊ねた。

彼は自分一人では絞首刑にも値しないことに腹を立てることもなかった。彼はそんなことは信じておらず、刑が延期され、後で処刑がすべて中止されるための口実だと思った。彼は幸福を感じた。思考することのできない、ぼんやりとした恐ろしい瞬間を、どこか遠くへ押し退け、他の死と同じように、物語のような、ありえないものとすることができたからだ。

「いつ、いつ！」愚鈍で、不愛想な老人であった看守は激怒した。「犬を吊るすのとは、わけが違うのだ！　納屋の後ろに連れていって準備完了とはいかんのだ。そんな風にされるのがお望みか、バカめ！」

「私は望んでない！」突然、ヤンソンは楽しそうに顔を顰《しか》めた。「彼女が私に絞首刑は必要だと言った、でも、私は望んでない！」

もしかすると、彼は人生で初めて笑ったのかもしれない。軋《きし》むような、不格好な、しかしひどく陽気で喜びに満ちた笑い。まるでガチョウがガーガーと鳴くようだった。看守は驚いて彼を見つめたが、眉を顰《ひそ》め、厳しい顔を作った。この男の馬鹿げた陽気さは、刑務所と処刑を侮辱するものであり、何かひどく奇妙なものにしてしまうだろう、罰するべきだ、と。不意の一瞬、ごくごく短い瞬間だが、刑務所で生涯を過ごし、刑務所での規則は自然法則と同等である、と認識していた老看守が、人生全体がなにか精神病棟のようなものに思え、そこでは自分が一番の狂人では、と感じてしまった。

「ぺっ！　なんだ、お前は！」彼は唾を吐いた。「何故、歯をむき出しているのだ、ここは居酒屋ではないのだぞ！」

「私は望んでない！　へ、へ、へ！」ヤンソンは笑った。

「悪魔め！」そう言った看守は、十字を切るべきだと感じていた。

この男の小さなあばた顔は、とても悪魔には見えなかったが、そのガチョウの鳴き声には、なにか刑務所の神聖さや堅牢さを破壊するものがあった。彼がもう少し笑おうものなら――壁は腐ったように崩れ落ち、湿気で柔らかくなった鉄格子は外れ、看守が自ら囚人たちを門の外へと連れて行くことになるだろう。さあ、諸君、街を散歩してきてください――もしや、田舎に行きたいという方も居られるかな？　悪魔め！

しかし、ヤンソンはすでに笑うのを止め、ただ、悪戯《いたずら》っぽく目を細めているだけだった。

「ふん、それでいい」看守は曖昧な脅しを込めて言うと、辺りを見回しながら去っていった。

　その夜、ヤンソンの気分はずっと穏やかになり、陽気でさえあった。彼が自分の言った「私に絞首刑の必要はない」という言葉を繰り返していると、その言葉は説得力があり、賢明で、動かし難いものとなり、何も心配する必要がないと思うようになっていた。彼は自らの犯罪についてだいぶ前に忘れており、ただ奥方を襲うことができなかったことを時々後悔するだけだった。そのことも、すぐに忘れてしまった。ヤンソンは毎朝、いつ絞首刑が行われるのかと訊ね、看守は毎朝、怒って答えた。

「まだだ、悪魔め。坐っていろ!」そうしてヤンソンが笑う暇を与えないように、すぐにその場を立ち去るのだった。

　この単調に繰り返される言葉と、ごくありふれた日々のように毎日が始まり、過ぎ、終わることで、ヤンソンは死刑なんて起きないのだと、覆《くつがえ》しようのないほどに確信するに至った。彼は裁判のことなどすぐに忘れ、一日中、寝台に横になり、堆肥の山が連なる、物憂げな雪原や鉄道の軽食堂、なにかもっと遠くにある、明るいものを、ぼんやりと楽しそうに夢想するのだった。刑務所では十分な食事が与えられており、数日のうちに、とてつもない早さで彼は太り、多少偉ぶった態度をとるようになっていた。〈今なら、彼女も俺のことを好きになってくれるかもな〉彼は奥方のことを考えていた。〈主人の奴と同じくらい立派な身体つきになったし〉

ただ、ウォッカを飲みたい――酔っぱらって馬をびゅんびゅん走らせたい、切望するのはそれくらいだった。

テロリストたちが捕まると、そのニュースは刑務所まで届いた。すると、ヤンソンのいつもの質問に対して、看守は突然、意外なほど粗野に返答した。

「もうすぐだ」

彼に穏やかな視線を送りながら、もったいぶった様子で言った。

「もうすぐだ。たぶん、一週間後くらいだろう」

ヤンソンはまるで気を失ったように蒼ざめ、虚ろな瞳から出る視線は朦朧として、訊ねた。

「冗談でしょう？」

「お前の冗談が待ちきれなかったよ。私たちは冗談が言えないのでな。お前は冗談が好きなようだが、私たちは冗談が言えないのだ」看守は威厳をもって言うと、去っていった。

その日の夕方にはヤンソンは痩せてしまっていた。一時的にしわが伸ばされたことで、ゆるくなった彼の肌は、突然、多数の小さなしわが集合したことで、場所によっては垂れさがっているようにさえ見えた。目はまったく眠たげなものになり、すべての動作が緩慢な、萎《しお》れたものになり、まるで首を振る動作や指の動き、踏み出す足などが、以前は非常に長時間考える必要がある、複雑で面倒な事業であったかのようだった。夜、彼は寝台に横になったが、瞳は閉じられることもなく、眠たげなまま朝まで開けられたままだった。

「ははあ！」翌日、彼を見た看守は、満足げに言った。「なあ、ここは居酒屋ではないということだ」

彼は、確認のための実験が成功した学者が感じるような心地の良い満足感でもって、頭のてっぺんから足の先まで、注意深く、詳細に受刑囚を見た。これですべて丸くおさまる。悪魔は恥をさらし、刑務所と死刑の神聖さが復活した——見下すように、それどころか心底憐れむように老人は訊ねた。

「誰か、面会する者はいるか？」

「なぜ、面会？」

「ふん、お別れを言うためだ。例えば、母親とか、もしくは兄弟とか」

「私に絞首刑の必要はない」ヤンソンは静かに言って、看守を横目で見た。「私は望んでない」

看守は彼を見て——無言で手を振った。

夕方になり、ヤンソンはいくらか落ち着いた。一日はとてもありふれたもので、曇った冬空はいつも通り明るく、廊下からはいつも通りの足音や何かの実務的な会話が響き、シチーからはいつも通り、自然に、ありふれたものとして、発酵キャベツの香りがして、彼は再び、死刑という事実を信じることを止めた。しかし、夜になると恐ろしくなった。以前のヤンソンにとって、夜とは単なる暗闇であり、寝る必要のある暗い特別な時間だったが、今の彼は、その神秘的で驚異的な本質を感じていた。死を信じないでいるには、自分の周りにある、足音や声、灯り、シチーの中の発酵キャベツなどの、ありふれたものを見聞きする必要があったのだ。だが、今、すべてが常とは異なり、この静寂や、この暗闇自体が、すでに何か死のように思えるのだった。

夜が長引けば長引くほど、恐ろしさは増していった。全てが可能だと考える未開人か子供のような無邪気さで、ヤンソンは太陽に向かって「輝け！」と叫びたかった。彼は太陽が輝くように、と乞い願ったが、それでも夜は黒い時間を地球の上に絶えず流し続け、彼にその流れを止める力はなかった。ヤンソンの脆弱《ぜいじゃく》な頭脳に初めて不可能性という事実がはっきりと表れ、彼を恐怖で満たすことになった。もう一度、それを明確に感じる勇気は彼にはなかったが、すでに差し迫った死の不可避性を認識し、死にゆく者の足は断頭台への一歩を踏み出していた。昼は彼を再び落ち着かせ、夜は再び彼を脅《おびや》かせた。その夜、彼は死が避けることができないものであり、三日後、太陽が昇る夜明けにやって来るのだと悟り、知覚したのだった。

彼は、死が何なのかなんて、考えたこともなかったし、死のイメージもなかったが——今、彼ははっきりと死を感じ、死が監房に侵入し、手探りで彼を探しているのを目撃し、感じていた。死から免れようと、彼は監房の中を走り始めた。

しかし、監房は小さく、その隅は鋭角ではなく鈍角になっており、すべてが彼を部屋の真ん中へと押しやるのだった。どこにも隠れる場所はない。扉は施錠されている。灯りがともされている。何度か、無言で胴体を壁にぶつけ、扉をノックしてみたが——しんとして、虚ろだった。何かにぶつかり、顔から倒れたときだった、死が、彼を掴んだのを感じた。俯《うつぶ》せになって、地面にひっつき、暗く汚いアスファルトに顔を隠してヤンソンは恐怖に悲鳴をあげた。人が来るまで、横になって大声をあげ続けた。床から引き起こされ、寝台に坐らされ、頭から冷水をかけられても、まだヤンソンは固く閉じた瞳を開ける決心がつかないでいた。片目を開け、明るく空っぽの部屋の隅もしくは何もない場所にある片方だけの靴を見た彼は、再び叫んでいた。

だが、冷水が効果を表し始めた。当直の看守、これもまた老人だったが、ヤンソンの頭を民間療法的に何度か叩いたことも助けになった。この生の感覚が実際に死を追い払い、ヤンソンは目を開け、残った夜の時間は、頭をぼんやりとさせたまま、ぐっすりと眠った。仰向けに横たわった彼は、大きく口を開け、大音量の、かん高いいびきをかいた。ぴったりと閉じられていない瞼の間には、瞳孔のない、なだらかな、死んだような白い目があった。

それからは世界の全てが、昼も、夜も、足音も、声も、シチーから匂う発酵キャベツも、彼にとって、途切れなく続く恐怖となり、途方もない、比類なき愕《おどろ》きへと彼を陥れた。

彼の脆弱な頭脳では、いつも通りの明るい昼、キャベツの味や香りと——二日後、昼が過ぎれば、彼が死ななければならないという、互いに恐ろしいほど矛盾している二つの知識を結び付けることは不可能だった。彼は何も考えることができず、時間を数えることさえなく、ただ彼の脳を二つに割くこの矛盾の前で、声にならない恐怖に立ち竦《すく》むのだった。赤くもなく、白くもなく、ただ蒼ざめている彼は、傍目からは落ち着いているように見えた。ただ何も食べず、眠ることも止めてしまっていた。毎夜、びくびくと脚を下に押し込んで腰掛椅子に坐ったり、静かに、こっそりと眠たげに辺りを見回しながら、監房を歩き回ったりしていた。その口は絶え間なく巨大な驚きにさらされているかのように、いつも半開きだった。なにか、まったくありきたりなものを手に取る時も、長い間、ぼんやりとそれを眺め、信じられないとでも言うように手に取るのだった。

彼がこうなってしまうと、看守も窓の向こうから監視していた兵士も彼に注意を払うことを止めてしまった。これは受刑者によくある状態で、看守によれば、自身はこのような状態を経験したことはないが、屠殺される家畜が斧の峰で額を打ちつけられて失神した時に似ているという。

「今の奴は何も聞こえない、それこそ死ぬ直前まで何も感じないだろう」看守は経験豊富な目で彼を見ながら、言った。「イヴァン、聞こえるか? ええ、イヴァン?」

「私に絞首刑は必要ない」ぼんやりと答えたヤンソンだったが、下あごがまた垂れさがってしまった。

「お前が殺人を犯さなければ、絞首刑にもならなかったのだ」まだ若いが勲章を持つ、非常に重要な地位にいる、上級看守が教え諭すように言った。「殺す者は殺されるというのに、絞首刑を望まないとは」

「ただで人を殺したかったとは。愚かな、愚かな、そして卑怯だ」

「私は望んでない」ヤンソンは言った。

「なんだって、君、望んでないって、君の話だろ」無関心に上級看守は言った。「バカなことを言っていないで、遺産の処分でもした方がいい――持っているものすべて、な」

「彼は何も持っていませんよ。シャツ一枚とズボン。おや、毛皮の帽子がある――洒落者め！」

こうして木曜まで時が過ぎていった。木曜の夜十二時、ヤンソンの監房に大勢の人が入ってきて、肩章を付けた男が言った。

「さあ、準備をしろ。出発しなければならん」

ヤンソンはいつも通りゆっくりと元気なく動き、持っていた物をすべて身に着け、汚れた赤のスカーフを首に巻き付けた。彼が服を着るのを見ていた肩章の男はタバコを吸いながら、誰かに言った。

「今日は暖かいな。もうすっかり春だ」

目を閉じたヤンソンはすっかり寝入ってしまい、ゆっくりとした動作で、ぐずぐずと寝返りを打つと、看守は叫んだ。

「おお、おお、いつもより元気だな。眠っているぞ！」

不意にヤンソンの動きが止まった。

「私は望んでない」彼は気だるそうに言った。

腕を掴まれ連行されると、彼は肩を上げて大人しく歩き始めた。庭に出ると、春の水気を含んだ空気が彼を包み、鼻の下が湿り気を帯びた。雪解けは、夜だというのに、いっそう勢いを増し、どこからか陽気な雫が、ひっきりなしに音を立てて石の上へと落ちていた。憲兵は軍刀をかちかちと鳴らし、腰を曲げて、ヤンソンが黒い無灯火の箱馬車に乗り込むのを待ち、ヤンソンは濡れた鼻の下で怠惰に指を動かし、結びが不十分だったスカーフを直すのだった。

4　われら、オリョールの者なり

ヤンソンを裁いたのと同じ地方軍事裁判所にて絞首刑による死刑を宣告された者に、オリョール県エリツ郡の農民でミハイル・ゴルベツ、通称ジプシーのミーシカ、もしくはタタールと呼ばれている男がいた。確認された彼の最後の犯罪は、三名の殺人と武装強盗だった。それ以上のことは、彼の暗い過去の謎めいた深淵に消えてしまっていた。その他の一連の強盗や殺人についても関与していたという漠然としたほのめかしを聞いた人々は、彼の背後に血と、恍惚とした仄暗《ほのぐら》い狂乱を感じるのだった。彼はまったく率直に、本心から自らを強盗と称し、流行に乗って、彼を「義賊」と呼ぶ者たちには皮肉な態度をとっていた。彼は否認したところで何の結果ももたらさないと、最後の犯罪については積極的に詳細を語ったが、過去については歯を剥き出しにして笑い、口笛を吹いてみせるだけだった。

「草原で風を探すんだな！」

執拗なほどに質問を突きつけられたタタールは、真剣で、威厳のある顔を作った。

「我らは皆、頭のいかれたオリョールの者だ」彼は堂々とした、思慮深い態度で言った。「オリョールとクロミーは最初の盗賊を生み、カラチェフとリブヌィはすべての盗賊の憧れであり、エリッツはすべての盗賊たちの父だ。これ以上、何を付け加える必要があろうか！」

彼がジプシーと呼ばれているのは、その容姿と盗賊としての手腕のためだった。彼は奇妙なほどの黒髪をした痩せぎすで、タタールのような鋭い頬骨には黄色い焦げ跡が点々とついていた。どうやってなのか馬のように白目をむき、いつもどこかへと急いでいた。彼の視線は束の間でも、ぞっとするほどまっすぐで好奇心に満ちたもので、一瞬でも彼に見つめられると、何かを失い、自分の一部を彼に受け渡し、所有権が移ってしまったように思えた。彼が見たタバコは、すでに誰かに咥《くわ》えられたかのように、不快で吸い難くなった。彼の中には、なんらかの落ち着きのなさが居坐っており、組み紐《ひも》のように彼を捻《ねじ》ったり、蛇行する火花の束を彼に撒《ま》き散らしたりするのだった。水を飲むときも馬のようにバケツで飲んでしまいそうな勢いだった。

彼は、裁判中の質問には、いつもさっと立ち上がり、短く、しっかりした口調で、喜んでさえいるように答えるのだった。

「その通り！」

時々は強調して、

「そのとーおり！」

裁判官たちが他のことを話している中、不意に立ち上がり、議長に嘆願した。

「口笛を吹いてよろしいですかな！」

「それはまだ、なぜ？」驚く議長。

「私が仲間にサインを出したら、彼らはどうするのか、をね。とても興味がありまして」

若干当惑しながらも、議長は同意した。ジプシーは素早く両の手から二本ずつ、計四本の指を口に入れ、獰猛に目玉を回転させると——裁判所の広間の死せる空気を野蛮な強盗の口笛が切り裂き、そのために馬は飛び退き、後ろ足で立ち上がり、人間の顔は思わず蒼ざめるのだった。殺されようとする者の死にゆく憂鬱、殺人者の野蛮な喜び、恐るべき警告、秋の陰気な夜の暗闇と呼び声、そして孤独——それらすべてがこの、人のものとも動物のものともつかない、突き刺すような叫びの中にあった。

議長が何事かを叫び、ジプシーに向けて手を振ると、彼は素直に従った。難題だが、いつだって成功させているアリアをやり切った芸術家のように椅子に坐った彼は、囚人服で濡れた指を拭き、自分に満足したように居合わせた人々を見回した。

「なんという強盗だ！」裁判官の一人が耳を擦《こす》った。

しかし、大きなロシア人のひげと、ジプシーのようなタタール人の瞳を持ったもう一人の裁判官は、ジプシーの頭上の空間を夢見るように眺めながら、笑って反対した。

「ですが、とても面白いですね」

そんなわけで、裁判官は冷静に、同情の余地もなく、良心の呵責もまったくなく、ジプシーに死刑を宣告したのだった。

「その通り！」判決文が読み上げられると、ジプシーは言った。「さえぎるもののない草原と天井の梁。その通り！」

そして、護送隊員に向けて、大胆に言い捨てた。

「さあ、行くぞ、どうした、毛がよれているぞ。銃もしっかり持っていないと——俺が盗ってしまうぞ！」

兵士は厳しい目で用心して彼を見つめ、同僚と目配せし、銃の点火装置に触れた。もう一人も同じようにした。だが、刑務所までの道のりで、兵士たちは囚人に夢中になり、まるで歩いているのではなく、空中を飛んでいるように、自分の足が地面を歩いていることも、時間も、自分自身さえも、感じなくなってしまった。

死刑執行までの間、ジプシーのミーシカはヤンソンと同様に、刑務所で十七日間過ごすことになった。彼にとって、この十七日間はまるで一日のように――逃亡、自由、生きることについての消えることのない思考のように、あっという間に過ぎていった。ジプシーに居坐る落ち着きのなさは壁や鉄格子、何も見えない、死んだような窓に圧し潰され、怒りはすべて内部に向けられ、板の上にばらまかれた石炭のようにジプシーの思考を焼き尽くすのだった。まるで酒によって前後不覚になったように、はっきりとした、だが未完成のイメージが集まり、衝突し、こんがらがり、とめどない、目も眩《くら》むような突風が脇を駆け抜け、一つのこと――逃亡、自由、生きることに向けて、一斉に突進していくのだった。ある時の彼は、馬のように鼻の穴を広げ、何時間も辺りの匂いを嗅ぎ――麻や火事の煙、さえない、鼻をつんとつくような焼け焦げた匂いを感じ、またある時は監房の中をコマのように回転し、壁をさっと触ったり、指で叩いたり、狙いをつけ、視線で天井を削り、鉄格子を切断しようとするのだった。彼の落ち着きのなさは、覗き穴から監視する兵士を苦しめ、すでに何回か、絶望した兵士から発砲するぞ、と脅されていた。ジプシーは乱暴に、嘲るように反論するのだが、それは口論がすぐに単純で、農民的な、他愛のない口喧嘩《くちげんか》に変わり、銃で撃つなんて馬鹿げた、ありえないことのように思えて、平和的に事態が収束するからだった。

夜のジプシーはぐっすりと眠り、ほとんど身動きせず、一時的に活動を停止したバネのように、まったく姿勢も変わらない、生きた停止状態になっていた。しかし、起き上がると、すぐにそわそわと動き回り、あれこれと思案し、手探りを始めるのだった。彼の手はいつも乾いて、熱かったが、彼の心は時々、不意に冷たくなるのだった。それは、まるで胸に溶けることのない氷が置かれ、全身に小刻みな乾いた寒気を走らせているようだった。それでなくても、その時のジプシーは暗く、青みがかった鋳鉄のような色合いを帯びていた。しばらくして彼に奇妙な癖が現れた。なにか法外で耐えがたい程に甘いものを食べたかのように、絶えず唇を舐めては、シューシュー、ぴちゃぴちゃと音を立て、湧きあがる唾を、歯の間から床へと吐き出すのだ。そして、言葉を最後まで言い切らないようになった。それほどまでに思考の流れが高速で、舌が追い付けなくなっていたのだ。

ある日の昼、護送隊員に伴われて、上級看守が彼の部屋に入ってきた。上級看守は唾の吐かれた床を見て、不機嫌に言った。

「見ろ、台無しだ！」

ジプシーはすぐに反論した。

「なんだい、お前さんだって脂ぎった顔して地球の全てを汚しているじゃないか。でも、私はあんたらに何もしちゃいない。何しに来たんで？」

まだ不機嫌なまま、上級看守は彼に刑吏にならないかと申し出た。ジプシーは歯を剝き出しにして、ハハハと笑った。

「おや、刑吏がいないのですか？　そりゃ、すごい！　ほら、ぶら下げてやるぞ、いけ、ハハってか！　それで首があって、ロープがあって、誰かを吊るすというわけだ。おお、神よ、素晴らしい！」

「だが、お前は生き延びることができるぞ」

「とんでもない、もし死なないなら、あんたを絞首刑にしてやるよ。それで言ってやるのさ、ざまあみろってね！」

「なんのために？　お前には、どうだっていいことだろう」

「あんたたちは、どうやって絞首刑にするんで？　たぶん、こっそりと絞め殺すのでしょうな！」

「いや、音楽を使う」看守はつっけんどんに答えた。

「ふん、ご苦労様。もちろん、音楽はあった方がいいですな。こんな感じに！」彼は何か勇ましい歌を歌い始めた。

「まったく、お前は素晴らしいな、もう決めたのか」看守が言った。「ふん、では筋道を立てて説明してくれるかな」

ジプシーは歯をむき出して笑った。

「まったくせっかちですな！　もう一度、来てください、その時話しますので」

鮮明な、しかし未完成のイメージが、強烈な圧迫が繰り広げられる混沌の中に新しいものを投げ入れた。赤い服を着た刑吏とはなんと素晴らしい。彼は人でいっぱいの広場、背の高い断頭台、そして、彼、ジプシーが赤い服を着て、斧を持ち、歩き回る姿を鮮明に思い浮かべた。太陽は頭を照らし、斧を陽気に輝かせ、すべてが陽気で素晴らしく、これから首を切られる人間さえも笑っているのだ。人々の後ろには、馬車と馬の鼻面が見える――農民たちが村からやって来たのだ。さらに先には草原が見える。

「ち、ああ！」ジプシーはぴちゃぴちゃと音を立てて、唇を舐め、湧いてきた唾を吐いた。不意に、毛皮の帽子を口元まで被せられたように、彼の視界は暗くなり、息苦しくなり、心臓は溶けない氷の欠片になったように、全身に乾いた小刻みな寒気を走らせた。さらに二度、看守が訪れたが、ジプシーは歯をむき出して笑い、こう言うのだった。

「まったくせっかちだな、もう一度、来てくださいな」

とうとう、看守が覗き窓から、ちらりと顔を見せ、叫んだ。

「幸福を逃したな、うすのろ！　他の奴が見つかったよ！」

「ふん、どうとでもなりやがれ、自分の首でも絞めるんだな！」ジプシーはつっけんどんに答えた。そして、刑吏について空想するのを止めた。

しかし、最終的には、彼も死刑が近づくにつれ、引き裂かれたイメージのひたむきさに耐えられなくなっていった。ジプシーはすでに大きく足を広げて、立ち止まりたいと思っていたが、渦巻く流れが彼を連れ去ると、掴めるものもなく、周囲のすべてが飛び去っていった。

それはもはや不安を催される夢だった。その夢は、鮮やかに彩色された新木の丸太のように重たい思考よりも、いっそう苛烈なものだった。今はもう思考の流れと呼べるものではなく、天を突き破る山からの終わりのない落下であり、色彩豊かな世界すべてを視界におさめた旋回飛行であった。自由の身であった時のジプシーは、かなりオシャレな口ひげを蓄《たくわ》えていたが、刑務所での彼は短く黒い、チクチクするようなひげを生やしており、それが彼に恐ろしく、狂気的な外見を与えていた。時折、ジプシーは実際に我を忘れ、まったく何も考えずに独房の中を歩き回っていたが、それでも、ざらざらした漆喰塗りの壁を触ることは止めなかった。それに水も馬のように飲んでいた。

ある晩、灯りが点くと、ジプシーは監房の真ん中で四つん這いになって、声を震わせ、狼のように吠え出した。この時の彼は、どういうわけか、特別真剣で、重要な必要事項を行っているように遠吠えを上げていた。胸いっぱいに空気を貯め、ゆっくりと時間をかけて吠え声を震わせ、注意深く目を細め、何かが起こるというように聞き耳を立てるのだった。声の中にある震えにも、いくぶん意図を感じられた。彼は訳も分からず吠えているのではなく、この言葉にならない恐怖や悲嘆に満ちた獣の叫びの一つ一つの音を入念に奏でていた。

それから直ちに吠えるのを中断し、数分間、四つん這いから立ち上がることなく、沈黙し続けた。彼は突然、静かに、地面に向かって呟いた。

「愛しいなぁ、かわいいなぁ……　愛しきものよ、美しいものよ、私を憐れんでくれ……

愛しきものよ……！　美しいものよ！」

そして、また、何か起きるかと聞き耳を立てていた。言葉をしゃべり、聞き耳を立てる。それから立ち上がり、一時間もの間、息を継ぐこともなく、卑猥な言葉で罵倒を続けた。

「えーい、なんということだ、そこだ、くそ、くそ、くそ！」彼は叫び、血走った眼をひん剥いた。「吊るすなら、吊るせ、さもなきゃ……えーい、なんということだ……」

兵士はチョークのように白くなってしまい、憂愁と恐怖に涙し、銃身でドアを叩き、困惑の果てに叫んだ。

「撃つぞ！　神に誓って撃ってやる！　聞け！」

しかし、彼には撃つ勇気はなかった。死刑が宣告された者は、実際に暴動でも起きない限り、銃で撃たれることはなかったのだ。ジプシーは歯ぎしりをし、罵り、唾を吐いた――彼の人間としての脳髄は、生と死のとてつもなく鋭い境界線に立ち、乾燥して風化した粘土の塊のようにバラバラになってしまったのだ。

夜、ジプシーを処刑場に連れていくため、兵士たちが監房にやって来ると、彼は生き返ったように、せかせかと動き始めた。口の中はますます甘くなり、唾液はとめどなく貯まり、しかし、頬はいくらか赤くなり、瞳は以前のように、少し野蛮な狡猾さを輝かせていた。着替えながら、彼は役人に訊ねた。

「誰が吊るすんだ？　新しい奴か？　たぶん、腕も未熟だろう」

「お前はそんなことを心配する必要はない」役人はそっけなく答えた。

「どうして心配せずにいられますかね、閣下、吊るされるのは私であって、あんたじゃないでしょ。少なくとも縄に使う石鹸をケチらないでくださいよ」

「分かった、分かった、頼むから黙ってくれ」

「こいつが私の部屋にある石鹸を全部食べてしまってね」ジプシーは看守を指差した。「あいつの面がピカピカになっているのを見てくださいよ」

「黙れ！」

「ケチらないでくださいよ！」

ハハハと笑ったジプシーだったが、口の中はますます甘くなり、突如として足が奇妙に痺れ始めるのだった。それでも庭に出た彼は叫んだ。

「ベンガル伯爵の馬車だぞ！」

5　口づけをして、黙っておくことだ

五人のテロリストに関する判決は最終宣告がなされ、同日、確認が行われた。受刑者たちには、刑の執行日時は知らされていなかったが、いつものやり方であれば、その日の晩か、

一番遅くとも次の日の晩になることは周知の事実だった。翌日、つまり木曜日に親類と会うように勧められた彼らは、刑が執行されるのは金曜日の夜明けだと悟った。ターニャ・コヴァルチュクには近しい親類がおらず、いても小ロシアの僻地のどこかであり、おそらく裁判のことも差し迫った処刑のことも知りはしないだろう。ムシャとヴェルナーは身元不明であるため、親類については全く考慮されておらず、セルゲイ・ゴロビンとヴァシリー・カシリンの二人だけが親類と面会する予定になっていた。二人とも、この面会について憂愁と恐怖を抱きながら考えていたが、老人たちとの最後の会話や最後の口づけを拒否するまでの決心はつかなかった。

来たる面会に一番苦しんでいたのは、セルゲイ・ゴロビンだった。彼は自分の父や母をとても愛していたし、つい最近も会ったばかりだったが、今は恐ろしかった——何が起きるのだろう。処刑自体は、そのぞっとするような異常さや脳を震わす狂気の中にあっても、想像するに軽いものに思え、時間や人生そのものを越えた、この短く理解不能な数分間よりも恐ろしいものには思えなかった。どうやって彼らを見て、何を考え、何を話すか——彼の人間としての頭脳は理解するのを拒んでいた。一番単純で、ありふれたものとしては、手を取り、口づけをして「こんにちは、父さん」ということだが——このぞっとするような、非人間的な、狂気に満ちた欺瞞の中にあっては、理解しがたいほどに恐ろしいものに思えた。

判決後にコヴァルチュクが予想したように彼らが一緒に投獄されることはなく、それぞれが独房に残されることとなった。セルゲイ・ゴロビンは、その日の午前中、両親が来るという十一時までの間ずっと独房の中を凶暴に歩き回り、ひげを毟《むし》り、哀れっぽく顔をしかめては、何かをブツブツと呟いていた。時々、彼は途中で立ち止まり、長時間、水中にいた人間のように、胸いっぱいに空気を吸い込んでは、また吐き出していた。彼はとても健康で、彼の中には若い命がしっかりと根付いているので、この苛烈極まる苦難の瞬間においてさえ、皮膚の下では血が沸き立ち、頬を染め、瞳を明るく、澄み切った青にするのだった。

しかし、すべてはセルゲイが思っていたより、はるかに上手くいった。

面談が行われる部屋に最初に入ってきたのはセルゲイの父親であり、退役大佐のニコライ・セルゲイヴィチ・ゴロビンだった。彼は顔もひげも髪も腕も全身が真っ白で、雪の化身が人間の服を着ているようだった。昔から着ている、古いがよく手入れのされたフロックコートはガソリンの匂いをさせ、真新しい側肩章が付いていた。彼は断固とした様子で、儀式に挑むように、力強く、はっきりとした足取りで入ってきた。彼は白く乾いた手を伸ばし、大きな声で言った。

「こんにちは、セルゲイ!」

彼の後を小刻みな歩幅で母が歩き、奇妙に笑った。しかし、父親と同じように握手をすると、大きな声で繰り返した。

「こんにちは、セリョジェンカ!」

彼女は唇に口づけし――黙って坐った。彼女はセルゲイが思っていたような、突進してくるだとか、泣き出すとか、叫び出すといった恐ろしいことはせず――口づけをして、黙って席に着いたのだ。震える手で黒い絹のドレスを直したほどだった。

セルゲイは知らない、この前夜、大佐が一晩中、書斎に閉じこもり、全力で集中して考え出したのが、この儀式であることを。〈私たちの息子の最後の瞬間を重くしてはいけない、むしろ楽にしてあげなければ〉大佐は固く決心して、明日の会話で起こるかもしれない、あらゆるフレーズやあらゆる動作を入念に検討した。それでも彼は、時々まごついては、なんとか準備したものを失念し、防水布製の長椅子の隅でさめざめと泣いた。そして朝、面会中にいかに振る舞うべきかを妻に説明した。

「重要なことは、口づけをして黙っておくことだ！」と彼は教授した。「それから、少ししたら話してもいいが、口づけをするときは、黙っていてくれ。口づけをした後すぐに話し出してはダメだ、いいかい？　そうしないと、良くないことを話してしまうからね」

「わかったわ、ニコライ・セルゲイヴィチ」泣きながら妻は言った。

「そして、泣いてはいけない。神よ、彼女が泣くのを禁じてください！　もし、泣いてしまったら、彼を殺すことになるのだよ、おばあさん！」

「なぜなの、あなたも泣いているじゃないの？」

「お前と一緒の時は泣きもするさ！　泣いてはいけないんだ、わかるかい？」

「大丈夫よ、ニコライ・セルゲイヴィチ」

彼は馬車の中で、もう一度指示を繰り返そうと思っていたが、失念してしまっていた。お互いに白髪の老人であった二人は黙って馬車に乗り、身を屈め、物思いに耽っていたが、街は陽気で騒がしかった。冬を送る祭り《マースレニッツァ》の週であり、通りは騒々しく、人でごった返していた。皆が席に着いた。大佐はフロックコートの縁に右腕を置くという、準備していた姿勢になった。セルゲイは一瞬、席に着いたのだが、母親のしわだらけの顔を間近に見て、飛び上がった。

「坐って、セリョジェンカ」と母親が頼んだ。

「坐れ、セルゲイ」と父親も同調して言った。

皆が黙ってしまった。母親は奇妙に笑った。

「お前のために私たちがどれだけ骨を折ったことか、セリョジェンカ」

「無駄になってしまったね、お母さん……」

大佐はきっぱりと言った。

「私達はしなければならないことをしたのだ、セルゲイ、お前が両親に捨てられたと思わないように、な」

再び沈黙が訪れた。言葉を発するのが恐ろしかった、舌の上にある一つ一つの言葉が意味を失い、死という一つのことだけを意味するように思えたのだ。セルゲイはこぎれいな、ガソリンの匂いのするフロックコートを着た父親を見て思った。〈今は従卒がいないから、父さんが自分で手入れしているのだ。なんで僕は今まで父さんがコートの手入れをしているのを気付かずにいられたのだろう？　たぶん、朝に手入れしていたのだな〉そして、不意に訊ねた。

「妹はどうしているの？　元気かな？」

「ニノチカは何も知らないよ」母親が早口に答えた。

しかし、大佐は厳しい口調で彼女を制した。

「なぜ、嘘を吐く？　あの子は新聞を読んだ。セルゲイのことも、すべて知っているだろう……この子とも親しかったのだ……今も……思っているだろう、それに……」

それ以上続けることのできなかった彼は、そこで言いよどんだ。突然、母親の顔がしわだらけになったかと思うと膨らみ、震えだし、濡れた奇妙なものになった。色あせた瞳は理性を失ったように見開かれ、呼吸も速く、短く、大きなものになった。

「セ……セル……セ……セ……」唇を動かさず、彼女は繰り返した。「セ……」

「母さん！」

大佐は前に進み出て、全身を、フロックコートのひだの一つ一つ、顔のしわの一つ一つまで震わせながら、自分自身が死者のように顔を白くさせていることも、その頑固さが無理矢理に作った絶望的なものであることも、わからないまま、妻に言った。

「黙るんだ！　この子を苦しめちゃいかん！　苦しめちゃいかん！　苦しめちゃいかんのだ！　この子は死ぬんだ！　苦しめちゃいかん！」

驚いた妻はすでに黙っていたが、彼は握りしめた拳を胸の前で控えめに震わせて繰り返した。

「苦しめちゃいかん！」

それから後ずさった彼は、震える手をフロックコートの縁に乗せ、一層穏やかな表情を作り、唇は白くして、大声で訊ねた。

「いつだ？」

「明日の朝」そう言ったセルゲイも、同じように唇が白くなっていた。

母親は下を向き、唇を噛み、何も聞こえていないようだった。唇を噛みしめていた彼女だったが、単純で奇妙な言葉をうっかりと口に出してしまった。

「ニノチカがお前に口づけをしておくように、と言っていたわ、セリョジェンカ」

「僕からも口づけを送っておくよ」セルゲイが言った。

「わかったわ。フヴォストフ家の人もよろしくって言っていたわ」

「フヴォストフって誰だ？　ああ、わかった！」

大佐が遮った。

「さて、もう行かなければならん。立つのだ、母さん、行かなければ」

彼らは二人で弱った母親を抱き起こした。

「お別れだ！」大佐が指示をした。「十字を切ってくれ」

彼女は言われたことはすべてやった。しかし、十字を切り、短い口づけを交わしながらも、
彼女は首を振り、うつろに繰り返していた。

「いえ、こうじゃない。違う、こうじゃない。いや、いや。この後どうすればいいの？

私は何を言えばいい？　いえ、こうじゃないのよ」

「さらばだ、セルゲイ！」父が言った。

彼らはしっかりと手を握り、短く口づけを交わした。

「ねえ……」セルゲイは話し始めた。

「なんだ？」ぶっきらぼうに父は訊ねた。

「違う、こうじゃない。違う、違う。私は何を言えばいいの？」首を振りながら、母は繰り返していた。もう一度椅子に坐る隙を得た彼女は、全身を揺らしていた。

「ねえ……」セルゲイは、また言葉を言う。

不意に彼の顔は哀れっぽく、子供のようにしわくちゃになり、瞳は涙でいっぱいになった。

その輝く境界を透かして、彼は同じような目をした父の白い顔を間近に見た。

「ねえ、父さんは高潔な人だよ」

「どうした！　どうした！」大佐はうろたえた。

すると、突然、心が折れたように息子の肩に頭を埋めた。かつて彼はセルゲイよりも背が高かったが、今では背も低く、軽く柔らかな乾いた頭は白い塊のように息子の肩に乗った。二人は互いに黙ったまま、貪るように口づけを交わした。セルゲイは軽く柔らかな白髪に、彼は囚人服に。

「私は？」突然、大きな声が響いた。

見回すと、母親が立ち上がり、頭を反らし、怒り、いや、ほとんど憎しみを込めてこちらを見ていた。

「どうした、母さん？」大佐は叫んだ。

「私は？」そう言った彼女は、非常に意味ありげに首を振った。「あなたたちは口づけをしているけど、私は？　男の世界ってこと？　私は？　私は？」

「お母さん！」セルゲイは彼女に抱きついた。

そこには言葉にならない、言葉にすべきでない何かがあった。

大佐の最後の言葉はこうだった。

「お前の死を祝福しよう、セリョージャ。将校として勇敢に死ぬのだぞ」

そして、彼らは去っていった。どういうわけか去っていった。ここにいて、立って、話をしていたのに——突然、去っていった。ほら、そこにお母さんが坐って、そこにお父さんが立っていた——それが突然、どういうわけか去っていった。独房に戻ったセルゲイは、兵士から顔を隠すため、壁に顔を向け、寝台に寝転がって長い間泣いていた。それから、彼は泣き疲れ、ぐっすりと眠った。

ヴァシリー・カシリンのところに来たのは、母親だけだった――裕福な商人である父親は面会したがらなかったのだ。ヴァシリーは老母と会った際、部屋を歩き回り、気候は暖かく、暑さを感じるほどだったというのに、寒さに震えていた。そして、会話は短く、重苦しいものだった。

「来るべきじゃなかったね、母さん。自分と僕を苦しめるだけだよ」

「なんでなの、ヴァーシャ！　なんで、こんなことしたの？　ああ、神様！」

老母は泣き出し、黒い毛糸のプラトークの端で顔を拭き始めた。彼と彼の兄弟には、何も理解しようとしない母親を怒鳴る癖があったが、立ち止まった彼は、寒さに震えながら、怒ってこう言った。

「そら見ろ！　分かっていたよ！　だって、母さんはなんにも分かろうとしないものな！　そう、なんにも！」

「ええ、ええ、分かったわ。どうしたの――寒いの？」

「寒い……」つっけんどんに答えたヴァシリーは、腹立たしげに母親を横目で見ながら部屋を歩き始めた。

「もしかして、風邪をひいたの？」

「ああ、母さん、風邪がどうしたって言うんだ、これから……」

そこで彼は絶望したように手を振った。老母は〈うちのお父さんが月曜日にブリヌィを焼くように、と言うの〉と言いたかったのだが——うろたえた彼女は泣き出してしまった。

「私、お父さんに言ったの。あなたの息子なんだから、行って、赦しを与えてあげなさいって。けど、ダメだった、てこでも動こうとしない。老いぼれヤギめ……」

「ふん、あんな奴、悪魔のところへ行っちまえ！　何が父親だ！　あいつはずっとろくでなしだったし、ろくでなしのままなんだろうな」

「ヴァセンカ、お前、お父さんのことを言っているのかい！」老母は咎めるように全身をピンと伸ばした。

「父さんのことさ」

「お前の実の父さんなんだよ！」

「何が実の親だ」

それはあきれるほどにバカバカしいものだった。目前に死が迫っているというのに、ここで大きくなっているのは、小さな、空っぽの、無益なもので、中身の入っていないクルミの殻が踏みつぶされるように、言葉が空費されているのだ。憂愁や、生涯を通じて、近しい者との間に壁としてあった永遠の無理解をひしひしと感じ、ほとんど泣きそうになりながら、今、目前に死が迫るこの時間、自らの小さく鈍い目を見開き、ヴァシリーは叫んだ。

「そうさ、あんたたちは僕が絞首刑に処されるって、分かっていない！　吊るされるんだぞ！　分かっているのか？　吊るされるんだ！」

「お前が他人様にかかずらわっていなけりゃ、今ごろは……」老母は叫んだ。

「神よ！　これは何ですか？　こんなこと、けだものにだって起きやしない。僕はあなたの息子ではないのですか？」

彼は泣き出して部屋の隅に坐った。こちらの隅にいた老母も泣き出した。一瞬であれ、愛という感情の元、手を取り合い、彼を差し迫る死の恐怖と対決させることもできない彼らは、胸の内を温めることのできない、冷たい、孤独の涙を流すのだった。

母が言った。

「お前は、私が母親だとかそうじゃないとか言って、非難するね。そのせいで私は白髪になって、おばあちゃんになっちまった。お前は何かと言って、非難するし」

「ああ、分かった、分かったよ、母さん。許してくれ。もう行った方がいい。兄弟たちに口づけを送ってくれ」

「私は母親じゃないのかい？　私が哀れじゃないのかい？」

ようやく去っていった。彼女はさめざめと泣き、プラトークの端で顔を拭き、道も見えないほどだった。刑務所から離れれば離れるほど、悲嘆の涙は激しくなった。刑務所の方に戻った彼女は、生まれ育ち、年を取っていった街を獣のように彷徨《さまよ》った。古く折れた木々が数本植えられた人気のない庭に入り込んだ彼女は、雪が解けて湿ったベンチに坐った。そして、不意に悟ったのだ、彼は明日絞首刑に処される、と。

老母は立ち上がり、走り出そうとしたが、突然激しい眩暈《めまい》に襲われ、転んでしまった。凍った道は濡れて滑りやすく、老母はどうやっても立ち上がることができなかった。向きを変え、肘と膝で立ち上がってみたが、横向きにまた倒れてしまった。黒いプラトークは頭からずり落ち、後頭部の、汚れた白髪の間にあるハゲが露わになった。彼女は、何故か結婚式にいるように思えた。彼女の息子が結婚し、彼女はワインをしこたま飲んで、酩酊しているのだ。

「もう無理よ。神様、私、もうダメだってば！」彼女は首を振って拒絶し、濡れた氷の表層を這って行く、彼女にはワインがどんどんと注がれていく、注ぎ続けられていく。

彼女の心臓は、酔っぱらいの笑い声や御馳走、荒々しい踊りで痛み出していた——その間にも彼女にはワインが注がれていた。ずっと注ぎ続けられていた。

6　時計が進む

テロリストたちの投獄されている要塞には、古い時計の付いた鐘楼があった。時計は、一時間と三十分と十五分ごとに、なにか間延びした悲しい音を響かせ、それは遠くから聞こえる渡り鳥の悲しげな鳴き声のように、ゆっくりと空高くへ溶けて消えていった。この奇妙で悲しい音楽は、昼間であれば街や要塞の近くを通る、人通りの多い大通りの騒音に消えていく。路面電車のうなり、馬の蹄の触れ合う音、遥か前方で揺れ動く自動車の轟音。マースレニッツアの期間には、近郊から街へとお祭りのために農民が乗った辻馬車が町へとやって来て、その背の低い馬に付いた鈴のカランカランという音が空気中に満ちていく。会話が続く。いくらか酔っ払った、陽気なマースレニッツアの会話だ。若い春の雪解けは歩道の濁った水たまりや、急激に黒くなった辻公園の木々に不調和を起こす。海の広く湿った、大きな波と共に暖かい風が吹いた。ごくごく小さな新しい空気の粒子たちが、笑いながら、果てのない、自由の彼方へと一斉に飛び去っていくのが目にも見えるようだ。

夜になると、通りは電灯の作る大きな太陽の孤独な光の中で静まり返っている。その時、要塞は平らかな城壁に一つの明かりもつけず、暗闇と静寂の中にその身を浸し、静寂と不動、暗闇の境界によって、自らを生者たちのいる動き続ける街と分離させる。この時分から鐘の音が聞こえるようになる。地球とは異なる、ゆっくりとした悲しい奇妙な旋律が、生まれては空高くへ消えていく。再び生まれ、耳を惑わし、哀れっぽく静かに響き――消え――また生まれる。それは、まるで未知の高みから、大きな、透明の、ガラスでできた雫が、金属製の時の器へと音を響かせながら落ちてくるようだった。あるいは渡り鳥たちの渡りのようなものだろうか。

ある囚人が収容されている監房では、昼も夜も聞こえてくるのはこの音だけだという。鐘の音は、屋根や石の壁の厚さを貫き、沈黙を揺らし——気付かぬうちに去っていき、再び、同じように気付かぬうちにやって来る。時に囚人たちはその音のことを忘れ、その音を聞くことはない。時に囚人たちは絶望的な気分で音を待ち、鐘の音と鐘の音の間を生き、もはや沈黙を信じることができなくなる。この刑務所は重要犯罪人のみを対象としており、そこでは特別な、この刑務所の壁の隅のように厳格で、堅い、無慈悲な規則があった。もし、この無慈悲さに高貴なものがあるとすれば、それはざわめきや軽い呼吸さえも捕らえる、物言わぬ、死んだように厳粛な押し黙った沈黙だった。

悲しげな音色に揺り動かさせる、この厳粛な沈黙の中で時間は流れ去っていく。すべての生きる者たちから切り離されて、二人の女と三人の男の、五人の囚人は夜と夜明けと死刑の訪れを待ち、それぞれが自分なりにそれに向けた心構えをしていた。

7 死は存在しない

ターニャ・コヴァルチュクは生涯の間、ただ他人のことだけを考え、自分のことを考えることはなく、今も他人のために苦しみ、深く悲しんでいた。死についても、彼女はセリョージャ・ゴロビンやムシャやその他の者が苦しむものとして思い浮かべており――彼女自身については、まったく無関係のように思っていた。

裁判で無理に作っていた毅然とした態度の代償として、彼女は何時間も泣くことになった。それは多くの悲しみを知っている老人や、若くとも非常に憐れみ深く善良な者だけができるような泣き方だった。セリョージャのところにはタバコがないかもしれないとか、ヴェルナーは濃い紅茶を飲む習慣を取り上げられているのではないかといった苦悩や、さらには、彼らが死ななければならないという事実が、おそらく死刑そのものと同じくらいに彼女を苦しめていた。死刑は避けられないことであり、考えるに値しない副次的なことだが、刑務所にいる人間が、死刑の前にタバコを吸えないなんて、まったく耐えがたい仕打ちとしか言いようがない。共同生活の楽しかった詳細を思い起こしたり、セリョージャと両親の面会を想像して恐怖で立ち竦《すく》んだりしていた。

彼女が特に気の毒に思っていたのは、ムシャのことだった。彼女は、ずっと前からムシャがヴェルナーのことを愛していると思っていた。それは全くの勘違いだったのだが、二人に何か楽しい、明るいことが起こればいい、と祈っていた。自由の身であるとき、ムシャは銀の指輪を嵌めていたが、その指輪には頭蓋骨と骨といばらの冠が描かれており、ターニャ・コヴァルチュクは、この指輪が破滅の運命の象徴のように見え、その印象はしばしば痛みを伴うことさえあり、時に冗談めかして、時に真剣にムシャに指輪を外すように、と懇願していた。

「それ、私にちょうだい」彼女は頼み込む。

「いいえ、タネチカ。あなたにはあげないわ。それに、あなたにはすぐに別の指輪が嵌められるわよ」

彼女はなぜか結婚する頃合だと考えられており、皆、彼女が間違いなく、すぐに結婚すると思っており、それが彼女を傷つけていた――彼女は結婚相手なんて望んでいなかったのだ。このムシャとの冗談交じりの会話や、ムシャが今、実際に破滅を運命付けられていることを思い出し、彼女は涙と母親のような同情に噎《むせ》び泣くのだった。時計が鳴るたびに、彼女は泣き濡れた顔を上げ、聞き耳を立てた――それぞれの独房では、この間延びした、執拗な死の呼び声をどのように受け入れているのだろうか、と。

ムシャは幸せだった。

身の丈に合わないほど大きい囚人服を着て、両手を後ろに回した彼女は、男、もしくは似合わない服を着た少年に奇妙なほどに似ていた。その歩みは規則正しく、倦むことを知らないものだった。囚人服の袖は彼女には長かったので、まくられており、ほとんど少年のような細く、やせこけた腕が幅の広い穴から出ているのは、まるで粗末な汚れた水差しの口から花の茎が出ているようだった。細く白い首は固い生地でちくちく刺され擦《こす》られるので、時々、ムシャは両の手で喉を刺激から解放しては、皮膚が炎症を起こして赤くなり、ひりひりする場所を指で注意深く触っていた。

ムシャは歩いていた――興奮して、赤面しながら目の前にいる人々に釈明していたのだ。彼女が釈明していたのは、彼女のような、若く、取るに足らない、ほとんど何も成し遂げていないような、英雄でもなんでもない者が、彼女以前の本物の英雄や殉教者が受けたような、このような名誉ある素晴らしい死刑に処されることについてだった。人間の持つ善性、同情心、愛への揺るぎない信頼を持つ彼女は、今、彼女のせいで人々が苦しみや悲しみを覚えていると想像し――赤面するほどに恥ずかしかった。まるで絞首台で死ぬ際に、彼女がとんでもなく、はしたないことをしでかしたようだった。前回の面談の際に、彼女は弁護士に毒を持ってきてくれるように頼んでいたが、唐突に、弁護士か他の者が、彼女は見栄や臆病からこのような行動をとっていると思うのではないか、謙虚に気付かれないうちに死ぬどころか、余計に騒ぎを大きくしてしまうのではないかと気が付いた。そこで急いで、こう付け加えた。

「いや、もっとも、その必要はないわね」

今、彼女が望むことは、ただひとつ。人々に、自分が英雄ではないこと、死ぬのはまったく怖くなく、だから彼女のことを憐れんだり、心配したりする必要はないと説明し、論証することだった。こんな取るに足らない若い娘である自分がこれほどの死に処されることにも、これほどの騒ぎが起きていることにも、自分には、まったく責任がないのだと説明したかったのだ。

嫌疑をかけられている者として、ムシャは正当化できる理由を探し、何か自分の犠牲の価値を高められるものを見つけたい、死に本当の価値を与えたいと思っていた。そこで、こう考えた。

「もちろん、私は若く、まだ長く生きられたかもしれません。しかし……」

昇りきった太陽の輝きにろうそくの火が霞むように、若い命も、彼女のささやかな頭脳を照らす、偉大で眩《まばゆ》いほどに輝くものの前では霞んだ暗いものになるでしょう。いや、これでは釈明にならないだろう。

しかし、もしかすると、彼女が胸に抱いているもの――無限の愛や英雄的行為への無限の覚悟、無限の無私といったものは、特別なものかもしれない。

彼女のできたこと、やりたかったことができなかったのは、実際、彼女の責任ではないではないか――彼女が教会の敷居の上、供物台で殺されることに対しての責任は。

しかし、もしそうだとするなら、人は成し遂げたことではなく、欲したことで価値を決められることになるのではないか――であれば……であれば彼女は殉教者の冠を被るに値するわけだ。

〈本当に？〉そう考えたムシャは気恥ずかしくなった。〈本当に私にその価値がある？人々が私のために泣き、私のことを心配する価値があるの、この小さな取るに足らない私の

ために？〉

言葉では言い表せないような幸福が彼女を包んだ。疑念もためらいもなく彼女は隠れ家に受け入れられ、古より焚刑や拷問、処刑を経て、天上を高くへ昇る、この高潔な人々の列に合法的に加わることができた。清らかな平和と平穏、静かに輝く、果てのない幸福。まるで彼女はすでに地上から離れ、真実と生命の太陽へと接近し、その光の中を肉体も持たずに浮遊しているようだった。

〈これが、死。死がなにほどのものだというの〉ムシャはこの上ない幸福を感じながら思った。

もし、彼女の監房に世界中の学者、哲学者、刑吏が集まり、彼女の前に本、メス、斧、輪を作った縄を並べ、死は存在する、人は死ぬし、殺される、不死なんて存在しない、と証明を始めたとしても——彼女を呆れさせるだけだったろう。彼女がすでに不死であるというのに、どうして不死がないと言えようか？　今、死と不死の両方に存在する状態で、人生を生きているように死を生きている彼女に、不死や死を語ることができると、まだ思っているのだろうか？

もし、彼女の監房に腐臭に満ち、腐り果てた自分自身の身体が入った棺を運んできて「見ろ、これがお前だ！」と言ったとしたら、彼女はそれを見て、こう言うだろう。

「いいえ、これは私ではありません」と。

そして、彼らが腐乱死体のおぞましい姿で彼女を脅かしながら、これがお前――お前だ！と説得したとしても、ムシャは笑って答えるだろう。

「いいえ、あなたたちは、これを私だと思っているようですが、これは私ではありません。今、私はあなたたちと話しているというのに、どうして私がそれになるのです？」

「しかし、あなたも死んだら、こうなります」

「いいえ、私は死にません」

「あなたは処刑されるのです。これが、その縄です」

「私は処刑されますが、私は死にません。私は今、不死だというのに、どうして私が死ぬことができるというのですか？」

学者や哲学者、刑吏は怯み、震えながら言う。

「その場所に触れるな。その場所は神聖なのだ」

ムシャは他に何を考えていただろう？　彼女はたくさんのことを考えていた――なにせ彼女にとっては、人生の糸が死によって途切れることはなく、穏やかにまっすぐ織られていくのだから。彼女は仲間のことを考えていた――愁いと苦痛を覚えながら処刑を経験する、遠くにいる仲間、一緒に絞首台へと昇ることになる近しい者たち。彼女はヴァシリーに呆れていた、何をそんなに怯えているのか――彼はいつも勇敢で、死について冗談さえ言っていたのに。それはまだ火曜の朝のこと、ヴァシリーのベルトに爆裂弾を装着している際、爆弾が何時間後には自動で爆発するということで、ターニャ・コヴァルチュクの手は不安で震え、彼女を押し退けなくてはならなかった。その一方で、ヴァシリーは冗談を言い、おどけて爆裂弾を振り回し、あまりに不注意だったのでヴェルナーから鋭い注意を受けることになったほどだ。

「死に馴れ馴れしくする必要はない」

彼は今、何を怖がっているのだろう？　だが、この理解できない恐怖は、ムシャの心には異質なものだったので、彼女はすぐにそのことについて考えることも、原因を探ることも止めてしまった——不意に、絶望的なほどにセルゲイ・ゴロビンと会って、何か彼と笑いあいたくなった。そして思うのは——ヴェルナーと会って、何かについて彼を説得したいということだった。明瞭で規則的な、地面に踵を打ち込むような足取りでヴェルナーが彼女の隣を歩いている姿を想像し、ムシャは彼に言うのだ。

「いいえ、ヴェルナー、ねえ、それはナンセンスよ、あなたが誰を殺すとか、まったく重要なことじゃないわ。あなたは賢いけど、自分のチェスを遊んでいるにすぎない。あっちの駒を取り、こっちの駒を取り、そして勝利するってね。ヴェルナー、ここで重要なのは、私たちに死ぬ覚悟ができているかよ。わかる？　これについて、皆はどう思う？　死ほど恐ろしいものはないわ。自分たちで死を発明し、自分たちで死を恐れ、私たちを恐怖させているの。私、こう思うの。兵士たちの全連隊の前に一人で出て、彼らに向けてブローニングを撃ち始める。たとえ私が一人で、相手が何千人もいて、私が誰も殺せなくたっていいの。重要なことは相手が何千人もいること。何千人もの人間が一人を殺すってことは、つまり一人の勝利ということ。これが真実よ、ヴェルナー、ね」

だが、話は非常に明白であったため、彼女はそれ以上話を続けるつもりはなかった――ヴェルナーも、たぶん自分でわかっているだろう、と。あるいは、単に彼女の思考が一つのことに留まりたくなかっただけかもしれない――軽々と舞い上がる鳥のように、眼前には果てしない地平線が広がり、どんな空間であろうと、どんな深みであろうと、どんな喜びが愛撫する優しい青空だろうと、飛んで行くことができるのだから。時計は絶えることなく鐘を鳴らし、密閉された静寂を揺るがしていた。この調和のとれた、どこか美しい音楽が思考に流れ込み、思考も音を響かせ始めた。なめらかに流れていくイメージが音楽に変わった。まるで静かな暗い夜に、広く平らな道をどこかへと馬車を走らせているようだった。柔らかなバネが弾み、馬に付けた鈴が鳴っていた。不安や心配は消え、疲れた身体は暗闇に溶け、楽しい疲れを覚えながら、心が明るいイメージを穏やかに作り、その静かで穏やかな色彩を楽しんでいた。ムシャは最近、絞首刑にされた三人の仲間のことを思い出していた。その表情は晴れ晴れとして喜びに満ち、親しげで――生前よりも親近感があるものだった。それはまるで、朝、友人について考えている男のようだった。夕方には笑い合いながらあいさつを交わし、友人の家へと入っていくのだ。

ムシャは歩いて、へとへとになってしまった。慎重に寝台に横になると、軽く目を閉じて、夢想を続けた。時計は止まることなく鐘の音を鳴らし、静かな静寂を揺らし、その音色が鳴り響く岸辺に、明るく歌を歌う映像が静かに漂っていた。ムシャは思考する。

〈これが本当に死？　神様、なんて素敵なの！　それともこれは生？　わからない、わからないわ。もっと、見て聞いてみないと〉

投獄された初日から、すでに彼女の耳は空想に耽《ふけ》るようになっていた。彼女の耳は非常に音楽的で、沈黙によって鋭敏になった聴覚は、沈黙を背景に、見張りが廊下を歩く足音や時計の音、鉄の屋根の上で囁《ささや》く風の音、街灯の軋む音といった現実の小さな粒から、一つの音楽的絵画を作り上げていた。ムシャは最初、その絵を恐れ、病人の見る幻覚のようなものと遠ざけていたが、後に自分が健康であり、病気ではないと分かると――大人しくそれに従うことにした。

そして今、不意に、非常にはっきりと明瞭に、彼女に軍楽の音が聞こえてきた。驚いた彼女が目を見開き、頭を起こすと――窓の外は夜であり、時計が鳴っていた。〈またやってしまったってことね、つまり！〉――そう考えた彼女は、心静かに目を閉じた。目を閉じるとすぐに、音楽がまた始まった。建物の角から一個連隊分の兵士が現れ、窓のそばを通り過ぎていく音がはっきりと聞こえた。足が一、二！　一、二！　と、規則的に凍った大地に拍子をとり――ブーツの革が時々、きゅっきゅっと立てる音や不意に誰かの足が滑って、立て直す音さえ聞こえるほどだった。音が近づいてくる。まったく馴染みのない、しかし、とても大きく、威勢のいい、祝祭の行進曲だ。きっと要塞で何かお祭りがあるのだ。

オーケストラが窓の高さまで来たところで、監房中に陽気でリズミカルな、様々な音を合わせたような音でいっぱいになった。ある大きな銅製のトランペットが急激に調子外れの音を出し、遅れたり、おかしなくらい先走った――ムシャはトランペットの兵士の一所懸命な顔を見て、笑った。

すべてが遠ざかっていく。一、二！　一、二！　という声が途切れる。遠くから聞くと、音楽はさらに美しく、楽しいものになる。さらに、もう一、二度、トランペットが大きな、不自然なくらいの喜びを銅製の声で叫ぶと、すべてが消えた。鐘楼の鐘が再び鳴り、ゆっくりと、悲しげに静寂をかすかに揺らした。

〈行ってしまった！〉ムシャは少し寂しさを覚えながら考えた。彼女は、こんなに陽気で楽しい音が消えてしまったのが残念だった。彼女は、兵士たちがいなくなってしまったことも残念だった。銅製のトランペットに一所懸命な彼は、彼女がブローニング銃で撃ってしまいたいと思っていた、ブーツをキュッキュッと鳴らす兵士とは全く異なるものだったからだ。

「ああ、もっと！」彼女は優しく訴えた。すると、もう一度、彼らは現れた。彼らは、彼女の上に屈みこみ、透明な雲となって彼女を取り囲み、上空へと昇って行き、そこでは渡り鳥が飛行し、伝令兵のように鳴いていた。右、左、上、下と伝令兵のように叫ぶ。彼らは呼び合い、通告し、自分たちの飛行について遠くへと伝達する。翼を大きく羽ばたかせ、光が彼らを捕まえるように、闇が彼らを捕まえる。風を切り裂く膨らんだ胸には、青く輝く街が下から反射している。心臓の鼓動はますます規則的になり、ムシャの呼吸音もますます静かで穏やかなものになっていった。彼女は眠りに落ちた。顔は疲れ、蒼ざめている。目の下にはクマがあり、少女の痩《や》せこけた腕はとても細く——口元には笑みが浮かんでいた。明日、太陽が昇ると、この人間の顔は非人間的に歪み、脳髄には濃厚な血液が充満し、硝子のような眼が眼窩から飛び出るのだろう——だが、今日の彼女は静かに眠り、自らの偉大な不死の中で微笑んでいる。

ムシャは眠りに落ちた。

刑務所では独自の生活が営まれている。鈍く、そして鋭く、盲目であり、驚異的な視力を持ち、それ自体が永遠の不安そのもののようだ。どこかで誰かが歩いている。どこかで囁き声が聞こえる。どこかで銃声が鳴り響く。どうやら誰かが叫んだようだ。いや、もしかすると、誰も叫んでいないのかもしれない——ただ、沈黙に驚いただけなのかも。

音もなく扉の覗き窓が開かれた——暗い穴に口ひげを生やした暗い顔が現れた。瞳は長い間、驚いたようにムシャに向けて開かれ——現れたときと同じように静かに消えた。

鐘の音が鳴り響く——長く、痛々しいほどに。それは、まるで疲れた時間が真夜中に高い山を這い上っていくようで、登りはますます困難で重苦しいものになっていく。足を滑らせ、落下し、崖下へと滑り落ちていく——そして、再び自らの黒い頂点に向かって、痛々しいほどに這いあがっていった。

どこかで誰かが歩いている。どこかで囁き声が聞こえる。そして、灯りの付いていない黒い馬車には、すでに馬が繋がれ始めていた。

8　死は存在する、そして生も存在する

セルゲイ・ゴロビンは死については他の人のもの、自分とは無関係のものとして、まったく考えたことがなかった。彼は丈夫な体をした、健康で陽気な若者であり、穏やかで明瞭な、人生に対する喜びに恵まれていたため、生きるためには良からぬような害のある考えや感情は迅速に跡形もなく身体から消し去っていた。切り傷や怪我、刺し傷があっという間に治るように、心の傷や重苦しさも即座に外へと押し出され、消えてしまうのだ。写真であれ、自走車であれ、あるいはテロ行為の準備であれ、どんな仕事、いや気晴らしであっても、彼は穏やかな、人生を楽しむための真剣さを与えることができた。人生のすべてが楽しく、人生のすべてが重要で、すべてに対して、善行を施すべきなのだ。

彼はなんでもそつなくこなすことができた。手際よく帆を片付けることもできるし、拳銃

の腕前も見事なものだった。友情には愛のように篤く、狂信的なほどに〈正直な話〉を信じていた。もし、巡査や警官、明らかなスパイが正直な話、自分が巡査でないと言ったら、彼はそれを信じ、仲間として握手をするだろうと、仲間内から笑われていた。そんな彼にも、欠点が一つだけあった。自分は歌が上手いと思っていたが、まったく自分の声が聴こえていないと思えるほどに下手くそで、革命の歌でさえ調子外れに歌ってしまうのだった。笑われると腹を立てていた。

「君たち全員がロバなのか、それとも僕がロバなのか」彼の口調は真剣でむっとした様子だった。そこで全員が同様に真剣に考え、決定がなされた。

「君がロバだよ、その声を聞くかぎり」

しかし、善良な人々には時々起こることだが、その欠点のために彼は人々から愛され、おそらく、それは長所のために好かれるものよりも強いものだったかもしれない。

死を考えないのと同じくらいに死を恐れていなかった彼は、運命の朝、ターニャ・コヴァルチュクのアパートを出る前に、一人、十分な食欲をもって朝食をとった。半分ほど牛乳を入れた紅茶を二杯、五コペイカ分の白パンをまるごと。それから、悲しそうにヴェルナーの手つかずのパンを見つめて言った。

「どうして食べないんだい？　食べて、元気をつけないと」

「食べたくない」

「じゃあ、僕が食べるよ。いいかな?」

「おお、食欲があるな、セリョージャ」

セルゲイは答える代わりにパンを口いっぱいに頬張《ほおば》り、調子外れに音痴な歌を歌い始めた。

「我らの上には敵意ある旋風が吹きすさび……」

逮捕された彼は嘆いたことだろう。計画は不首尾に終わり、失敗してしまったのだから。だが、〈今は他にすべきことがある、死ぬことだ〉と考えると、嬉しくなった。刑務所に連行されてから二日目の朝、奇妙なことではあったが、彼は愛好していたドイツ人のミュラーという人物の作った、並外れて合理的体系に沿った体操を開始した。彼が服を脱いで裸になり、記載された十八の行程すべてを正確に行ったことで、監視していた見張りは心配になるくらいに驚いてしまった。自分を見る見張りが驚いているらしいことは、ミュラーの体系を宣伝する者として心地良いものだった。覗き窓から突き出した目に向かって質問を繰り返しても、答えは返ってこなかったが。

「いいだろ、兄弟、鍛えられるぞ。君たちのところの連隊でも取り入れてみろよ」彼は兵士を驚かせたり、単なる頭のおかしい奴と思われないように、説得力のある、柔らかな口調で叫んでいた。

死の恐怖は、振動かなにかのように徐々に現れ始めた。まるで足元から誰かに掴まれ、全力の拳を心臓に打ちつけられたようだった。最初に感じたのは怖いよりも痛い、だった。その後、その感覚を忘れていると――何時間後かに再び現れ、その度に長く、強くなっていった。その頃には、すでに大きな、耐えがたいほどの恐怖のぼんやりとした全貌が見え始めていた。

「本当に僕が怖がっているのか？」彼は驚き考えた。「そりゃまた、バカバカしい！」

怖がっているのは彼ではなく――彼の若く、頑健で強い肉体だった。それはドイツ人ミュラーの体操や冷水摩擦でも欺《あざむ》くことはできなかった。冷水摩擦の後でより健康的でさっぱりすればするほど、瞬間的に感じる恐怖はより鋭く、耐え難いものになっていた。よく眠り、体操した後、人生に対する喜びや力が特別強まったのを感じる時、この鋭い、異質な恐怖は現れるのだった。彼はそのことに気が付き、こう考えた。

「バカだな、兄弟。死ぬのを容易《たやす》くするには、弱くならなきゃ、強くなってはダメさ、まったく！」

そこで彼は体操と冷水摩擦を止めた。兵士には説明と言い訳を兼ねて、こう言った。

「僕が投げ出したと思わないでくれよ。これはいいことなのさ、兄弟。ただ、首を吊ろうってやつには向いてないってだけで、他の人たちには、とってもいいことなんだぜ」

実際、事態は軽くなったようだった。さらに衰弱するために食べる量を減らそうともしたが、新鮮な空気や体操もしていないのに、食欲は旺盛にあり、打ち勝つのは困難で、持ってこられた物は全て平らげてしまった。そこで彼がとったのは次のような手だった。食事をとる前に熱湯を桶の半分ほど飲んでおくことにしたのだ。これはどうやら効果があったようで、ぼんやりとした眠気と倦怠感が表れるようになった。

「見たか！」と彼は肉体を脅したが、自身は悲しげに、弛《たる》んで、柔らかくなった筋肉を優しくなでるのだった。

しかし、肉体はすぐに、この体制に慣れてしまったようで、死の恐怖が再び現れた――確かに、それはそれほど鋭くも激しくもなかったが、吐き気に似て、よりうんざりとするものとなっていた。〈これは、処刑までに時間がかかっているせいだな。処刑までずっと寝ていられれば良かったのに〉とセルゲイは思い、なるたけ長時間眠ることにした。最初、それは上手くいっていたのだが、後になると、眠りすぎたためか、それとも別な理由のためか、彼は不眠になってしまった。そして不眠と共に、鋭い、透徹した思考と生命に対する憧憬が表れ始めた。

〈果たして僕は死を、この悪魔を恐れているのだろうか？〉彼は思考する。〈僕は人生を惜しんでいるのだ。悲観主義者たちが何と言おうと、人生は素晴らしいものだ。では、悲観主義者が絞首刑に処されるとしたら？　ああ、彼らは人生を惜しむだろう、絶対に恋しがるはずだ。なぜ、僕のひげは伸びるんだ？　生えない、生えないと思っていたら、急に生え始めて。どうしてなんだろう？〉

彼は悲しげに首を振り、長く重たいため息を吐いた。沈黙――長く深いため息。また短い沈黙――先ほどよりも長く、重たいため息。

こんな風にして、裁判と、老いた親との最後の恐ろしい面会までの時間を彼は過ごしていた。独房で目を覚ました彼は、人生はすべて終わった、これから先にあるのは、死と空虚が待つ数時間だけだとはっきりと意識すると、なんだか不思議な気分になった。まるですべてを裸にされたような、それも尋常ではないほどの裸にされたような気分だった――衣服を脱がされただけでなく、太陽や空気、音や光、振る舞いや言葉まで剥ぎ取られたようだった。まだ死んではいないが、すでに生きているわけでもなく、何か新しい、驚くほど理解不能なものがあり、まったく意味がないのか、それとも何か意味があるのか、ただひどく深く、神秘的で非人間的で、それを見出すことは不可能だった。

「ああ、くそ!」セルゲイの驚きは痛ましいほどだった。「これは何だ? 僕はどこにいる? 僕……僕とは何だ?」

彼は自分自身を、大きな囚人靴から始まり、囚人服からはみ出た腹に至るまで、興味津々といった様子で、注意深く見つめた。丈の長すぎる、新しい服を着た女性のように、手を広げ、自分を見つめたまま、独房を歩き回った。頭を捻《ひね》りながら、向きを変えた。ここに、彼、セルゲイ・ゴロビンにとって恐ろしいことがある、それは――未来がないことだ。そのために、すべてが奇妙なものになるのだ。

独房の中を歩き回ってみる――歩けるとは奇妙だ。坐ってみる――坐れるとは奇妙なことだ。水を飲もうとする――水を飲むこと、飲み下すこと、カップを持つこと、指があること、指が震えていることは、奇妙なことだった。喉を詰まらせて、咳き込むと、咳をしながら思う。〈咳き込んでいるなんて、なんて奇妙なんだ〉

〈どうしたというんだ、僕は頭がおかしくなったのか！〉そう思ったセルゲイは、背筋が寒くなった。〈そんなばかなことがあるものか！　畜生！〉

額を手で擦ったが、それも奇妙に思えた。呼吸もせず、おそらく、何時間も不動の姿勢のままで固まり、すべての思考を消し、荒い呼吸を抑え、いかなる動きも避けた――なぜなら、すべての思考は異常であり、すべての動作は異常だったからだ。時間は消えてしまい、透明で真空のそれが空間の中で、大地も人生も人々もすべてが存在する、大きな広場に変わったようだった。そこはすべてが一目で見えた、その最後の端、謎めいた中断――死まで。そこにある苦しみは、死が視認できることではなく、死と生の両方を視認できることにあった。冒瀆的な手によって太古から隠されていた生と死の秘密の帳《とばり》が開かれ、生と死は謎ではなくなっていた――だが、それらは、未知の言語で書かれた真理のように、理解できるものにはなっていなかった。彼の人間の頭脳で理解できるものでも、彼の人間の言葉で語られるものでもなく、視認して掌握することもできなかった。〈恐ろしい〉という言葉が彼の中で響いたのは、他に言葉がなかったからであり、この新しい非人間的な状況に合致する概念は彼の中に存在していなかったし、存在することもできなかった。もし、人間的な知識、経験、感情の境界に留まりながら、突如として神そのものの姿をその目で見た人間がいたとすれば、彼のようになるのだろう――その目で見、それが神と呼ばれていることも知っていようとも、理解はできず、途方もない苦しみと、途方もないほどに理解の範疇を超えたものに震えることになるのだろう。

「ミュラーめ！」突然、大きな声で、異様なほどの確信をもって言葉を発した彼は、首を振った。人間の魂が持っている感情の急変によって、彼は陽気に心からハハハと笑った。「ああ、ミュラーよ！　僕の親愛なるミュラー！　僕の美しいミュラー！　それでも、お前は正しいのだ、ミュラー、そして、ミュラーの兄弟たる僕は、ロバだ」

独房の中を素早く歩き回っていた彼は、覗き窓から監視する兵士に新たに大きな驚きを与えた――服をサッと脱いで裸になり、陽気に、ひどく熱心な態度で、十八の行程すべてを行ったのだ。自らの若く、少し痩せた肉体を伸ばしたり、広げたり、しゃがんだり、息を吸っては吐き、爪先立ちになり、手足を高く上げたりした。そして、一つの行程が終わるたびに嬉しそうに言うのだ。

「これだ！　これが本物なのだ、兄弟よ、ミュラーよ！」

彼の頬は上気し、毛穴からは熱く心地よい汗が浮き出、心臓は力強く、一定のリズムで鼓動した。

「ミュラー、問題は、な」薄くぴんと張った皮膚の下にある肋骨がはっきりと見えるように胸を突き出しながら、セルゲイは考えを述べた。「問題は、な、ミュラー、十九番目の行程があるということさ、不動の姿勢で首を吊るすんだ。これを処刑と呼ぶんだ。わかるかい、ミュラー？　生きた人間、たとえば、セルゲイ・ゴロビンを捕まえて、おむつをさせて、人形みたいに首を吊るすのさ、死ぬまでね。バカバカしいね、ミュラー、けど、どうすることもできない——そうしなければならないんだ」

彼は右腹を折り曲げて、繰り返した。

「そうしなければならないんだよ、兄弟、ミュラー」

9　ひどい孤独

同じ時計の鐘の音の下、セルゲイとムシャから、いくつかの空の監房を隔てた場所に、しかし、あたかも全宇宙で存在しているのが彼ただ一人であるかのような重苦しい孤独を感じながら、恐怖と苦悩の中で、哀れなヴァシリー・カシリンはその生涯を終えようとしていた。汗だくで、濡れたシャツを身体に貼り付け、カールさせていた髪をほどき、耐えられないほどの歯痛に苦しむ男のように、発作的に、絶望したように独房の中をうろうろと歩き回っていた。坐ったかと思うと、再び走り出し、壁に額を押し付けて立ち止まり、目で何かを探していた——まるで薬を探しているようだった。彼は異なる二つの顔があるかのように変わってしまい、以前の若者の顔はどこかへ消え、代わりに、新しい、暗闇から出現した恐ろしい顔が、その場所におさまっていた。

彼のところにはすぐに死の恐怖が訪れ、独占的に、有無を言わせず彼を支配した。剥き出しの死へと向かう朝にさえ、彼は死と馴れ馴れしく接していたのだが、独房に投獄された夕べには、凶暴な恐怖の波が、眩暈《めま》いを起こすほどに彼を襲ったのだ。彼自身の意思で、危険や死に向かう内は、見たところ恐ろしい死でも、彼は自身の手の内におさめておくことができ、気楽で愉快でさえあった。無限の自由を覚えながら、自らの大胆不敵で恐れ知らずの意思に対する、きっぱりと確固とした確信は、小さな、しわだらけの、まるで老婆のような恐怖によって沈められてしまった。危険な時限爆弾を身に着けた彼は、自身も時限爆弾になったように、ダイナマイトのような残酷な心を自身に組み入れ、燃えるような破滅的な力を自らのものにしていた。馬車の馬や路面電車をせかせかと避けながら、気忙しく、自らの用事を案じる、味気ない人ごみの中を歩いていると、自分が死も恐怖も知らないような、異なる、未知の世界から来た異邦人に思えていた。

そして、唐突に、急激で獰猛で、驚くような変化が訪れた。彼が望んだ場所に行くのではなく、人々が望んだ場所に彼を連れて行くようになったのだ。彼が場所を選ぶことはもはやなく、物のように石の檻に入れられ、鍵をかけられるようになった。もはや、すべての人々のように生か死かという選択肢を自由に選ぶこともできず、彼は確実に、不可避的に死んでいく。かつては、意思や生命、力を具現化していた彼が、一瞬にしてこの世で唯一の、無力という哀れな形象になり、屠殺を待つ獣、取り換えたり、燃やしたり、壊したりできる、聞く力も見る力もない物体に変化していたのだ。彼が何を言おうともその言葉は聞き入れられず、もし彼が叫んだら、布きれで口を塞がれただろう。彼が自身で足を動かせば、連れ戻され、吊るされる。彼が反抗し、あがき、地べたに坐ったとしたら――彼を打ち負かし、起き上がらせ、縛り付け、その状態で彼を絞首台に連れていくだろう。この、彼に対して行われる機械的な作業が、彼と同じ人間が行っているという事実は、新たな、並外れて不気味な容貌を他者に与えることとなった。奴らは意図した時にのみ現れ、何かの振りをするような幻とも、バネ仕掛けの機械人形ともつかないものだった。手を掴み、捕え、連行し、吊るし、足を引っ張る。ロープを切り、横たえ、運び、そして埋める。

刑務所に入ったその日から、彼にとって人々や世界は理解し難いほど恐ろしい、幻と機械人形の世界になっていた。恐怖でほとんど正気を失いそうな彼は、人々が言語を持ち、話をしているのだと想像しようとしたが、無理だった――言葉が通じないように思えるのだ。彼らの話し方、彼らと交際していたときに使っていた思考と言葉を思い出そうとしたが――無理だった。口を開け、何かを発声したとして、その後、足を動かし彼らは去っていき、何もなくなるのだ。

もし、夜、部屋に一人でいる時に、すべての物に生命が吹き込まれ、動き出し、彼に対する無限の権力を手に入れたとしたら、こんな風に感じるのかもしれない。戸棚、椅子、書き物机、長椅子たちが突如として彼を裁き始めるのだ。彼は叫び、走り回り、懇願し、助けを呼ぶが、彼らは自分たちの間で自分たちの言葉で喋り、戸棚、椅子、書き物机、長椅子たちが彼を吊るそうと運んで行くのだ。そして、他の物はその様子を見ているのだ。

絞首刑を宣告されたヴァシリー・カシリンには、そんな風に、すべてが玩具《おもちゃ》のように見えた。彼の独房、覗き窓のある扉、巻き時計の音、正確に捏《こ》ねて作られた要塞、廊下で足を鳴らす、銃を持った特別製の機械人形、そしてその他の、覗き窓から脅すように彼を見、食事をくれる人形たち。彼の感じているのは、死を前にした恐怖ではなかった。彼は早急に死ぬことを望んでさえいた。太古から存在する謎とその不可解さは、この獰猛で幻想的に変貌してしまった世界に比べれば、もっと理性の働かせやすいものだった。それに、幻と人形の住む狂気の世界においては、死も完璧なまでに打ちのめされ、その偉大で謎めいた意味を失われ、同じような機械的なものになってしまうことだけが、恐ろしかった。手を掴み、捕え、連行し、吊るし、足を引っ張る。ロープを切り、横たえ、運び、そして埋める。

世界からは人間が消えてしまった。

裁判中は、仲間が近くにいることがカシリンの正気を戻し、一瞬とはいえ、彼は再び人間を見ることができるようになった。彼らは坐って彼を裁き、人間の言葉で何かを話し、理解しているといったように耳を傾けていた。だが、母との面会の際には、すでに理性を失いかけ、そのことを自覚している者としての恐怖を感じながらも、はっきりと、この黒いプラトークを被った老婆が――単に精巧につくられ、よく出来ているが〈パパ〉や〈ママ〉と喋るだけの機械人形と同じだと思えるのだった。彼女と話そうとしても、身震いして思うのだ。〈神よ！　これは人形です。母の人形です。そこには兵士の人形があって、家には父の人形がある、そして、これはヴァシリー・カシリンの人形です〉

さらに時が経つと、機構のパキパキという音、油の差されていない車輪が軋む音が、どこからか聞こえてくるようになった。母親が泣き始めた一瞬、なにか人間的なものが瞬《また》いたが、彼女が何か言い始めるとすぐに消えてしまい、人形の目から水が流れていると、好奇心と恐怖を感じながら、凝視することになった。

恐怖に堪えられなくなったヴァシリー・カシリンは、独房の中で祈ってみることにした。宗教という名目で父の商家で過ごした彼の青春時代を取り囲んでいたものすべては、不快で、苦い、苛立たしい後味を残しただけで、信仰にはならなかった。しかし、いつだったか、もしかすると、少年時代よりももっと以前、ある言葉を聞いた彼は、胸をどきどきさせるような興奮を覚え、その後の人生は、静かな詩情に包まれることとなった。その言葉とは〈悲しむ全ての人に喜びを〉である。

困難な時期、祈りのつもりもなく、明確に意識せずに、偶然、〈悲しむ全ての人に喜びを〉

と、独り呟いてみたことがあった。すると突然、気分が軽くなり、親しい女性のところへ行って、静かに愚痴を言いたくなった。

「僕達の人生とは……果たしてこれが人生と言えるのかな！　ああ、僕の愛しい人、これは果たして人生と言えるのかな！」

突然、面白くなった彼は、髪を巻いたり、膝を投げ出したり、胸をさらし、誰かに殴られたいと思うようになった。「さあ、叩けよ！」

〈悲しむ全ての人に喜びを〉については、まるで自分自身気づいていないかのように、一番親しい仲間にさえ語ることはなかった――それほど、その言葉は彼の魂深くに隠されていた。彼は思い出すことも慎重に、頻繁にはしなかった。

恐怖が解決できないほどになり、水辺の蔓《つる》を増水した水が覆うように、謎が頭からすっぽりと彼を覆う頃に、彼は祈ってみたくなった。彼としては、跪《ひざまず》きたいところだったが、兵士の前では気恥ずかしかったので、胸に手を組み、静かにささやいた。

「悲しむ全ての人に喜びを！」

憂愁を感じ、感動した調子で言い、繰り返した。

「悲しむ全ての人に喜びを！　私のところにおいでください、ヴァシカ・カシリンを助けてください」

ずいぶん前、まだ彼が大学一年で、酒を飲みバカ騒ぎをしていた頃、ヴェルナーと出会い、仲間になる前の時分、彼は自分のことを自惚《うぬぼ》れと憐れみを込めて『ヴァシカ・カシリン』と呼んでいた——今、なぜだか、そう呼ばれたくなった。だが、言葉は死んだように、思い遣りのないものに聞こえた。

「悲しむ全ての人に喜びを！」

何かが動き出した。誰かの静かで悲しげなイメージが彼方へと泳ぎ去り、死の前の暗闇を照らすこともなく、静かに消えていくようだった。鐘楼の巻き時計が鳴り響く。廊下にいる兵士が交代要員と共に、サーベルかなにか、あるいは銃を打つ音と欠伸《あくび》をする声が聞こえてきた。

「悲しむ全ての人に喜びを！　何か言ってください！　ヴァシカ・カシリンと話すことはないというのですか？」

彼は優しく微笑み、待った。しかし、心も周囲も空っぽのままだった。静かで悲しげなイメージは戻ってこなかった。不必要で、痛ましいほどに燃えるろうそく、聖衣を着た司祭、壁に描かれたイコン、父が膝を曲げたり、伸ばしたりしながら祈ったり、お辞儀する姿を胡《う》散臭《さんくさ》そうに見て、ヴァシカは祈るか、悪戯《いたずら》してやろうかと思っていたのを思い出した。すると、祈る前よりも余計に恐ろしくなった。

すべてが消えてしまった。

狂気が重苦しく這い寄ってきていた。バラバラになって消えていく焚き火のように意識は消え、亡くなったばかりの人が、まだ心臓に温もりを残していても手足は冷たくなっているように、身体は冷たくなっていった。もう一度、血のように顔を赤くして、消え去りそうな思考で、ヴァシカ・カシリンは気が狂い、これまでの生物が辿り着いたことのない痛みと苦しみの果てにいるような苦悩を味わっていると言っても、頭を壁に打ち付け、自らの指で眼球を抉《えぐ》り出し、何かをしゃべり、叫んでも、もうこれ以上堪えられないと涙ながらに断言しても――なにもない。何も起きないのだ。

何も起きなかった。足は、自らの意思と生命をもって歩き、濡れて震える身体を運び続けた。腕は自らの意思をもって、濡れて震える身体を暖めるために胸の開いた囚人服を閉じようと虚しい努力を続けていた。身体は凍え、震えていた。目は何かを見ていた。それはほとんど穏やかなものだった。

しかし、まだ獰猛な恐怖の瞬間が残っていた。それは人が独房に入ってくる時だ。彼はそれが何を意味するのかと思うことも、処刑に行く時が来たのだ、と考えることさえもなかった。ただ単に人々を見て、子供のように怖がった。

「いやだ！　いやだ！」死んでしまった唇で、聞こえないくらいに囁いた彼は、子供のころ、父親が彼に手を上げた時のように、独房の奥へと静かに後ずさった。

「いかなければならんぞ」

彼らは何かを言って、彼の周囲を歩き、何かを渡した。彼は目を閉じ、首を振ったが――

つらそうに準備を始めた。おそらく、意識が戻ったのだろう。彼は突然、役人にタバコを求めた。そこで役人は退廃的な彫刻の施されたシガレットケースを愛想よく開けてくれた。

10　壁は崩壊する

ヴェルナーと呼ばれる身元不明の男は、人生と闘争にうんざりしていた。彼にも人生に対する非常な愛を持ち、演劇や文学、人との交流を楽しんでいた時期があった。優れた記憶力と強い意思に恵まれた彼は、いくつかのヨーロッパ言語を完璧に習得し、自らをドイツ人、フランス人、イギリス人と偽ることが自由にできた。彼は通常、バイエルン訛りのドイツ語を話していたが、その気になれば、本物のベルリン生まれのように話すこともできた。着飾ることを好み、優れたマナーを持ち合わせ、同胞たちの中で唯一気付かれる危険を冒すことなく、上流社会の舞踏会に出席してみせたこともあった。

だが、だいぶ前から、彼の心には、仲間の見えないところで、人間に対する軽蔑が芽生えていた。そこには絶望と、重苦しい、ほとんど致死量と言えるほどの疲労感があった。元々彼は詩人よりは数学者といった性格で、これまで霊感だとか恍惚だとかいったものを知らず、時として、人間の血で作った血だまりの中に、四角形の円を探す狂人のように自分を感じていた。彼が毎日のように戦っている敵は、彼に自身に対する敬意を呼び起こすものではなく、愚かさや裏切り、嘘、汚い雑事や恥ずべき欺瞞で作られた目の細かい網のようなものだった。彼の中にあった、生きたいという望みを完膚なきまでに打ち壊した最終的な契機は、組織から指示されたスパイの暗殺だった。彼は冷静に標的を殺したのだが、その死んだ詐欺師の顔が、今では穏やかで、それでいて哀れな人間の顔になっているのを発見すると——彼は突然、自身と自身の行っていたことに対する敬意を失ってしまったのだ。後悔を感じたわけではない、ただ単に自身に価値を見出せなくなり、彼にとって、自分自身は興味も尊敬も湧かない退屈な部外者になってしまっただけである。しかし組織からは唯一の存在でもあり、分かち難い意思として離れることはなく、表面上は以前と同様の位置にいた——ただ瞳の中には、何か冷たく不気味なものが潜むようになっていた。そして、彼はそのことを誰にも話すことはなかった。

彼にはもう一つ、珍しい才能があった。頭痛を知らない人間がいるように、彼は恐怖を知らなかった。恐怖を感じる者を批判することはなかったが、自分は一度も罹ったことのない、よくある病気を見るように特段の同情も感じなかった。彼は、自分の仲間を、特にヴァシリー・カシリンのことを憐れんでいた。しかし、それは冷たい、事務的な憐れみであり、おそらく、裁判官のうちの何人かが感じていたものと大差はなかっただろう。

ヴェルナーは処刑がただの死ではなく、なにか異質なものがあることを分かっていた——

だが、なんにせよ、関係のないものとして、これまで何も起きていないし、これからも何も起きないという、冷静な態度で、それを迎えることにした。それによってのみ、彼は処刑に対する最大限の侮蔑を表し、最後まで精神の自由を奪われずに守ることができた。裁判中――彼の冷酷な大胆さと傲慢さをよく知っている仲間でさえ、おそらく信じなかっただろうが――彼が考えていたのは、生や死についてではなかった。彼が集中し、深く、冷静さと注意力を発揮していたのは、難しいチェスの試合だったのだ。素晴らしいチェスのプレイヤーだった彼は、投獄された初日からこの試合を始め、休むことなく続けていた。彼に宣告された絞首刑は、目に見えない盤面の駒を一つも動かすことはなかった。

明確に試合を決着させる必要はなかったが、彼は立ち止まることもなかった。彼が地上にいた最後の日の朝、彼がまずしたのは、昨日の不完全な一手を修正することだった。膝の間に下ろした手を握りしめ、彼は不動の姿勢で長い間坐っていた。それから立ち上がり、思考しながら歩き出した。その歩き方は風変わりなもので、上体をわずかに前傾させ、踵で強く、はっきりと地面を打つ――乾いた地面にさえ、彼が歩いた後には深く、目立つ足跡が出来ていた。彼は静かに、簡単なイタリア語のアリアを口笛で一息に吹いた――それが思考の役に立つのだ。

しかし、どういうわけか、今回、ことはうまく運ばなかった。重大で許しがたいミスを犯したという不快な感覚を覚えながら、彼は何度か戻り、試合をほとんど最初から検討し直すことにした。ミスは発見できなかったが、ミスを犯したという感覚は無くならないどころか、ますます強く、忌々しく感じられるようになっていた。突然、予期せぬ不快な考えが浮かんだ。ミスがあったのではなく、チェスをすることで注意を処刑からそらし、死刑囚として避けることのできない死の恐怖から遠ざかろうしているのではないか？

「いや、何のためにそんなこと！」彼は冷たく答え、気分が乱れ、見えなくなった盤面を閉じた。彼はチェスをしていたのと同じくらいの集中と注意力をもって、困難な試験に挑むように、自らの状況の出口のなさと恐怖について説明を試みてみた。何物をも見逃さないように独房を見回し、処刑までの時間を計算し、間近に迫る処刑の情景をかなり正確に思い浮かべ、肩を竦めた。

「それで？」半ば質問するように彼は言った。「それだけじゃないか、どこに恐怖がある？」

確かに恐怖はなかった。恐怖がないだけでなく、何か反対のものが芽生えていた――漠然とした、だが大きな勇ましい喜びである。ミスはまだ発見できなかったが、もはや忌々しさも苛立ちも湧かず、まるで死んだと思っていた大切な親友が実は生存しており、怪我もなく笑い、何か予期せぬ喜ばしいことを大きな声で伝えてくれているようだった。

ヴェルナーは再び肩を竦め、脈拍を確かめてみた。心臓の鼓動は速く、しかし、しっかりと規則正しく、いつにない高らかな力を込めて脈打っていた。新しく刑務所に入った新参者のように、壁や閂《かんぬき》、床に取り付けられた椅子を、もう一度注意深く見回した彼は、こう思った。

〈なぜ、こんなに軽やかで、楽しく、自由なのだ？　まさに自由だ。明日の処刑のことを考えても――まるで何もないみたいだ。壁を見ても――壁がないみたいじゃないか。刑務所にいるのではなくて、これまでの生涯幽閉されていた刑務所から出所したみたいな自由を感じる。何だ、これは？〉

手が震え始めた――これまでヴェルナーが見たことのない現象だ。思考は、ますます荒々しく沸き上がっていく。まるで炎の舌が頭の中で燃え上がっているようだ――炎は外へと突き抜け、まだ夜の、暗い彼方を照らそうとしていた。ほら、炎が外に飛び出し、彼方まで広く照らし始めた。

ここ二年ほどヴェルナーを苦しめ続けてきた漠然とした疲労感は消え去り、心臓からは、瞳を閉じ、死んだように口を閉じ、死んだように冷たく、重苦しい蛇が剥がれ落ちた――死を前にして、美しい青春が、遊ぶように戻ってきたのだ。いや、それは美しい青春以上のものだった。時おり精神が驚くほど明瞭になり、瞑想の最高頂へと押し上げられる瞬間に、ヴェルナーは生と死を体験し、その光景の、かつて見たことのないほどの壮麗さに驚いた。まるでナイフの刃のように狭く、世界最高峰の山脈を行くように片方には生が、もう片方には死が望まれ、二つの輝く、深く美しい海が地平線で、無限に続く広大な空間へと一つに交わっていくようだった。

「何だ、これは！　なんて神々しい光景なのだろう！」ゆっくりと言った彼は、高次の存在がいるかのように、無意識のうちに立ち上がり、背筋を正した。全てを貫く視線の熱で壁も空間も時間も打ち壊した彼は、人生を捨てる深奥を広く眺めていた。

生が新たな姿で眼前に現れた。彼は以前のように、自らの見たものを言葉で捕らえようとはしなかった。まだまだ貧弱で貧困な人間の言葉には、それを表現できるような言葉はなかったからだ。彼の中にあった、人々への軽蔑を呼び起こし、時には人の容貌を見ただけで嫌悪感を呼び起こしていた小さく薄汚い、邪悪なものは完全に消えていた。熱気球で上昇した人のように見捨てた街の通りの汚れやゴミは消え、醜いものが美しいものに変わっていた。

ヴェルナーは無意識の動作で机に歩み寄り、右手で寄りかかった。彼は生来誇りが高く、威圧的であったが、このような誇り高く、自由で、圧倒するような姿勢をとったことはなかったし、首をこんな風に向けることはなかったし、視線をこんな風に向けることもなかった――なぜなら、刑務所の中にあって、あと数時間の内に刑が執行され、死を迎えるということの状況ほど、自由で権威のある状況は今までなかったのだから。

人々も新たな姿で立ち現れた。彼の明晰になった視界には、彼らは愛おしく、魅力的で清新な容貌をしていた。時間を超えて飛行する彼には、昨日まで森で獣のように吠えていた人類がいかに若いかがはっきりと視認され、恐ろしく、許し難いほどに忌々しく映っていた人々が突然、愛おしくなった――子供であれば、大人のように歩けないことも、天才の輝きを放つような、繋がりのないお喋りも、笑ってしまうような失敗も、間違いや容赦のない殴打も、なんと愛おしいことか。

「我が愛おしきものたちよ！」突然、思いがけず微笑んだヴェルナーは、瞬時に姿勢の持つ感銘深さを失い、窮屈で不快な場所に閉じ込められ、ドアの平面から突き出た、飽きたような、好奇心旺盛な目にとっては、少し退屈な囚人に戻っていた。奇妙なことに、彼は今まではっきりと明瞭に見ていたものを、ほとんど唐突に忘れてしまった。さらに奇妙なことには、それを思い出そうともしなかった。ただ、より坐り心地の良い姿勢で坐った彼には、いつもの素っ気なさはなく、ヴェルナー的でない、他人のような弱々しい、柔らかな微笑みで壁や鉄格子を眺めまわしていた。今までのヴェルナーにはなかった、新しいことがまた起きた。突然、泣き始めたのだ。

「我が愛おしき仲間たちよ！」囁いた彼はさめざめと泣いた。「我が愛おしき仲間たちよ！」

どういった秘密の道のりを経て、誇り高く果てしない自由から、このような柔らかで情熱的な憐れみへと至ったのだろう？　彼には理解できなかったし、考えることもなかった。彼は自分の愛おしい仲間たちを憐れんでいるのか、それとも、もっと高次の、情熱的なものが彼の涙には隠れているのか――突然蘇り、緑に覆われた彼の心臓も、それは分からなかった。

彼は涙を流し、囁いた。

「我が愛おしき仲間たちよ！　我が愛おしき仲間たちよ！」

さめざめと涙を流し、泣き笑うこの男の中に、あの冷徹で傲慢な、世に疲れながらも大胆不敵なヴェルナーを見出せる者など、一人もいないだろう――裁判官も、仲間も、彼自身さえも。

11　護送中

死刑囚は馬車に乗せられる前に、丸天井の大きな冷たい部屋に集められていた。そこはもう使われていない事務局か人のいない応接室のようだった。彼らはお互いで話すことが許された。

しかし、その許可をすぐに利用したのはターニャ・コヴァルチュクだけだった。残りの者は氷のように冷たいのや炎のように熱い各々の手で、黙ったまましっかりと握手をし――黙ったまま、お互いを見ないように、不格好に散らばったまま、一か所に固まっていた。今、一緒にいると、孤独の中で各々が体験したことを恥ずかしく思うようになっていたのだ。彼らは、各々が感じ、自分自身に対して思った新しいこと、独自のことや、いくぶん気恥ずかしいなにかを見たり、見せたりしないように、互いが見ることを恐れたのだ。

とはいえ、一、二度見つめれば、微笑み、すぐに以前のように打ち解け、気取らずにいられると感じるようになった。どんな変化も起きていないし、もし何か起きていたとしても、それは全員に等しく起きたことで、それぞれにあった個別のことなど見分けがつかないものになっていた。皆の話しぶりも歩き方も奇妙なものだった。急に立ち上がったり、揺れていたり、歩く速度も遅すぎたり早すぎたりといった具合だった。言葉に詰まって何度も同じ言葉を繰り返したかと思うと、始めた言葉を最後まで言い切っていないのに、もう話したと思い、それに気が付かないこともあった。普段眼鏡をかけていたのに突然外した人が、なんでもない物を気付きもせずに子細に眺めるように、皆が好奇心旺盛に目を細めていた。また、誰もが、まるでずっと誰かが背後から呼びかけているか、何かを見せようとしているかのように、何度も不意に振り返るのだった。しかし、彼らはそれに気がついていなかった。ムシャとターニャ・コヴァルチュクの頬と耳は火照っていた。セルゲイは最初、いくらか蒼ざめていたが、すぐに回復して、いつも通りになった。

しかし、ヴァシリーにだけは注意が払われていた。彼らの間にあってさえ、彼は普通ではなく、恐ろしいところがあった。ヴェルナーは心配になり、優しい気遣いを見せ、小声でムシャに言った。

「あれはどうしたんだ、ムセシカ？　あそこにいるのは本当に彼かい？　どうしたのだろう？　彼のところに行かなくては」

ヴァシリーはまるでどこか遠くにいて、気付いていなかったかのように、ヴェルナーを見て、目を伏せた。

「ヴァーシャ、君の髪、何かあったのか？　どうしたんだ？　何でもないさ、兄弟、何でもない、何でもないよ。今に終わる。我慢しよう、我慢、我慢だ」

ヴァシリーは黙っていた。そして、彼はもう何も喋らないのではないか、と思われたとき、にぶく、遅い、恐ろしい彼方からの返答が返ってきた。墓場の人間も、多くの呼びかけに対して、このように返答を返しているのかもしれない。

「ああ、大丈夫だよ。我慢するさ」繰り返した。「我慢する」

ヴェルナーは喜んだ。

「そうだ、そうだ。いいぞ。よし、よし」

しかし、暗く、ぐったりとした彼方の深奥から向けられた視線に出会った彼は、瞬間、愁いを感じながら、思った。〈彼はどこから見ているんだ？　彼はどこから話しかけているんだ？〉墓場で話すときにだけ見られるような深い優しさで、彼は言った。

「ヴァーシャ、聞いているか？　僕は君が大好きだよ」

「僕は君が好きだよ」彼は、重たげに舌を動かし、答えた。

突然、ムシャがヴェルナーの腕を取り、舞台上の女優が出すような強い驚きを表しながら、言った。

「ヴェルナー、どうしちゃったの？　大好きって、あなたが言ったの？　大好きなんて、誰にも言ったことなかったじゃない。どうして、そんな……明るく、やさしくなったの？何があったの？」

「何がだって？」

ヴェルナーもまた俳優のように激しく感情を表し、ムシャの手を強く握った。

「そうだ、僕は今、とても愛を感じている。必要なければ他の人には言わないでほしい。恥ずかしいからね、でも僕は愛を感じているんだ」

二人の目が交差し、鮮やかに燃え上がり、周囲のすべてが消えた。稲妻が一瞬、閃めいたように他の光をすべて消し、その黄色く、重苦しい炎が地面に影を落とした。

「そうね」ムシャは言う。「そうよね、ヴェルナー」

「そうさ」彼は答える。「そうさ、ムシャ、そうだとも！」

彼らは何か揺るぎないものを確認し合い、理解しあった。目を輝かせたヴェルナーは、再び元気を取り戻し、セルゲイに向かって歩き出した。

「セリョージャ！」

しかし、答えたのはターニャ・コヴァルチュクだった。有頂天の彼女は母親的な誇らしさで涙を流し、セルゲイの袖を激しく引っ張った。

「ヴェルナー、聞いてちょうだいな！　私はこの子のために泣いて、この子のために死にそうだったって言うのに、この子ったら、体操していたんだってさ！」

「ミュラー式のやつかい？」ヴェルナーは笑った。

セルゲイはばつが悪そうに眉をひそめた。

「意味もなく笑っているじゃないか、ヴェルナー。ようやく君ってやつが理解できたよ……」

皆が笑った。お互いの交流は強固さと力を得、徐々に以前のように戻っていたが、誰もそのことには気が付かず、以前と全く変わらないな、と思うのだった。ヴェルナーは唐突に笑うのを止め、ひどく真剣にセルゲイに言った。

「その通りだよ、セリョージャ。君は全く正しい」

「いや、わかっているだろ」ゴロビンは喜んだ。「もちろん、僕たちは……」

しかし、そこで出発の申し出があった。護送隊員は親切で、希望があれば二人組で乗車することが許可された。概して護送隊員は非常に、過度なほどに親切だった。人間的な態度を示そうとしていたのか、それともそんなものはまったく無く、すべては自然に行われていることだと示そうとしたのか。しかし、彼らは蒼ざめていた。

「ムシャ、君は彼と一緒に」ヴェルナーは、立ったまま動かないヴァシリーを指差した。

「わかったわ」ムシャは頷いた。「あなたは？」

「私か？　ターニャはセルゲイと、君はヴァーシャと……　私は一人だ。大丈夫、私は一人でも、わかるだろ？」

庭に出ると、湿った闇が柔らかく、しかし、暖かく強く、顔や目を打ち、呼吸まで入り込み、突然浄化された闇は、震える全身を柔らかく、貫いた。その夜は素晴らしいものだとは言い難かった――ただの春の風、暖かく、湿った風だ。本当に素晴らしい春の夜というのは、雪解けの――果てしない空間の香りがし、雫の音が響いてくるものだ。せわしなく、頻繁に互いを追い越しながら落ちる速い雫は、鳴り響く歌を足並み揃えて響かせる。しかし、不意に一つの雫が合唱から外れてしまい、すべてが陽気な水音の中でもつれ、あわただしい大騒ぎを起こす。だが、大きくて端正な雫がしっかりと打音を奏でると、再び、あわただしく陽気な歌声が、はっきりと鳴り響いてくるのが聞こえてくる。街の上空、要塞の屋根の上には電灯の青白い照り返しが映っていた。

「うぅああ！」大きく息を吐いたセルゲイ・ゴロビンは、この新鮮で素晴らしい空気を肺から吐き出してしまったことを後悔するように息を止めた。

「こんな天気、久しぶりじゃないか？」ヴェルナーは訊ねた。「もうすっかり春だな」

「まだ二日目だよ」気の利いた、丁寧な返答があった。「他の日はずっと厳寒ばかりさ」

暗い馬車は次々と、滑らかに動き出し、二人ずつ連れて暗闇へ、門の下で揺れる灯火へと移動した。それぞれの馬車を灰色のシルエットになった護送隊員が取り囲むと、馬車の馬は蹄鉄を音高く響かせ、湿った雪の中をよろめいた。

ヴェルナーが身を屈めて馬車に乗り込もうとしていると、憲兵が曖昧に言った。

「もう一人、一緒に行く者がいる」

ヴェルナーは驚いた。

「どこへ？　その人はどこへ行くんだい？　ああ、そうか！　もう一人いるのか？　どんな人なんだ？」

兵士は黙っていた。実際、馬車の隅っこの暗闇に何か小さな、動かない、しかし生きた人間がうずくまっていた——灯火から射す、斜めの光に開いた瞳が光った。乗り込んだヴェルナーは、足でその人物の膝を突いた。

「失礼しますよ、同志」

彼は答えなかった。馬車が動き出すとき初めて、突如として片言のロシア語で、口ごもりながらも訊ねてきた。

「あなたは誰です？」

「私はヴェルナー、××の暗殺未遂で絞首刑を宣告されました。あなたは？」

「私はヤンソン。私に絞首刑の必要はない」

自分たちが馬車に乗っているのは、どちらも二時間後に生から死へと至るという、解決されることのない謎と対面するためであるという事実が、二人を近しい存在にした。生と死は、二つの次元に同時に存在しており、端の端まで、滑稽で馬鹿げた些事に至るまで、生は人生としてあり続ける。

「あなたは何をされたのです、ヤンソン？」

「主人をナイフで切った。金を盗んだ」

そう言ったヤンソンの声は、まるで眠っているようだった。暗闇の中で、ヴェルナーは彼の萎《しお》れた手を見つけ、それを握った。ヤンソンは元気なく手を離した。

「怖いかい？」ヴェルナーは訊ねた。

「私は望んでない」

彼らは沈黙した。ヴェルナーは再びエストニア人の手を見つけ、それを自らの乾いた、熱い掌の間にしっかりと握った。その手は板のように動かなかったが、ヤンソンはそれ以上、手を引き離そうとはしなかった。

馬車の中は狭く、息苦しく、兵士の軍服や黴《かび》臭さ、馬糞、湿った靴の革の匂いがした。ヴェルナーの向かいに坐っていた若い憲兵も、玉葱《ねぎ》と安いタバコが混じった匂いのする息を彼に吹きかけてきた。だが、どこかに開いていた亀裂から鋭く、新鮮な空気が入り込み、そのお蔭で、この小さくて息苦しい動く箱の中に居ながら、外よりもいっそう強く春を感じられるようになっていた。馬車は右に曲がったかと思うと、まるで元に戻るように左に曲がり、どういうわけか、もう一時間もぐるぐると同じ場所を回っているようだった。最初は、窓に下ろされた厚い幕越しに差し込む、青みがかった電灯だった。それから、ある角を曲がったところで急に暗くなったことで、馬車が人里離れた郊外への角を曲がり、Ｃ駅が近づいてきたことがわかった。たまに急な曲がり角で、ヴェルナーの生きている、曲げた膝が憲兵の生きている、曲げた膝に仲良く当たっている様を見ていると、処刑に向かっているとは、とても信じられなかった。

「私達はどこに向かっていますか?」だしぬけにヤンソンが訊ねた。

彼は長時間狭い箱の中でぐるぐると回っていたことで、軽く眩暈がし、若干の吐き気も感じていたのだ。

ヴェルナーはエストニア人の手をしっかりと握り、答えた。この小さくて眠そうな男に、何か特別友情深く、優しい言葉をかけてあげたくなったのだ。彼はすでに生涯で一番になるくらいに、この男を愛していた。

「ねえ君!　坐り心地が悪そうだね。私のところに坐るかい?」

ヤンソンはしばらく黙った後、答えた。

「ありがとう。でも私は大丈夫。おたくも絞首刑ですか?」

「僕も、だ!」思いがけず陽気に、ほとんど笑うように答えたヴェルナーは、独特な無遠慮な態度で軽く手を振った。それはまるで、優しいが冗談が好きな者がやりたがるような、馬鹿げた、でたらめな冗談について話しているようだった。

「妻はいるのか?」ヤンソンは訊ねた。

「いいや、妻だなんて! 独身だよ」

「私も独身だ、独身です」少し考えて、ヤンソンは言葉を正した。

ヴェルナーは眩暈を感じ始めていた。少しの間、自分たちは、なにかの休暇に出かけているように感じたのだ。奇妙なことだが、処刑に向かう全員が同様の感覚を覚え、愁いと恐怖を同時に感じながら、今起きている、常ならぬことを漠然と喜んでいた。現実が狂気を楽しみ、生と結びついた死が幻を産んでいるのだ。家々に旗がはためいているということだって、大いにありうる。

「そら、到着だ!」馬車が止まると、ヴェルナーは陽気な調子で、物珍しそうに言って、軽々と飛び出した。だが、ヤンソンの場合は長引いた。黙ったまま、ひどくうなだれて、踏ん張ったまま、出て来ようとしなかった。彼が把手を握っていると——憲兵が無力な指を開かせ、手を引き剥がした。彼は馬車の角やドア、高いところにある車輪を掴むが——しかし、脇にいた憲兵が少し力を込めると、すぐに引き離された。それは掴んでいるとさえ言えなかった。ヤンソンは黙ったまま、あらゆるものに眠そうにひっついたが——簡単に引き剥がれるので、力も要らなかった。そして、とうとう立ち上がることになった。

旗はなかった。駅は夜ということで、暗く、無人で、生きた気配はなかった。旅客列車はすでに走っておらず、そのため線路上で物言わぬまま乗客を待っている列車には、明るい灯火もせわしなさも不要となっていた。不意にヴェルナーはつまらないと思った。恐ろしいのでも、悲しいのでもない――ただ、巨大で、延々と続く、飽き飽きとするような退屈にうんざりしたので、どこかに行き、横になって、しっかりと目を閉じたいと思った。ヴェルナーは伸びをして、長々とあくびをした。ヤンソンは素早く伸びをして、続けざまに何度かあくびをした。

「もっと早くできないものかね！」ヴェルナーは疲れた様子で言った。

ヤンソンは黙って、身を縮めた。

人気のないプラットホームで兵士たちに囲まれた囚人たちは、どんよりとした灯りの点る客車へと移動した。ヴェルナーは気が付くと、セルゲイ・ゴロビンの近くにいた。脇から出てきた手がどこかを指差しながら話し始めたのだが、はっきりと聞こえたのは〈灯り〉という言葉だけで、終わりの方は長々と続く、疲れたあくびに沈んでいってしまった。

「なんて言ったんだ?」ヴェルナーが訊ねると、やはりあくびが回答した。

「灯りと言ったんだ、ランプの灯りが煤を出している」セルゲイが言った。

ヴェルナーはあたりを見まわした。確かにランプの灯りからはひどく煤が出ており、すでにガラスの上部が黒くなっていた。

「ああ、煤が出ているな」

そして、突如として、こう思った。〈だが、ランプから煤が出ているのが私に何の関係があるんだ、これから……〉明らかにセルゲイも同じことを考えていたようだ。ヴェルナーの方をちらりと見ると、背を向けてしまった。しかし、二人ともあくびは止まっていた。

客車までは全員自らの足で歩いていったが、ヤンソンだけは腕を引いていかなければならなかった。最初、彼は、まるで靴底がプラットホームの板にくっついてしまったように足を踏ん張っていたが、後には膝を曲げ、憲兵の腕にぶら下がり、彼の足は泥酔した酔っぱらいのように引きずられ、靴底が木をひっかいていた。ドアのところでは、長いこと、彼を押し込む作業が行われたが、言葉はなかった。

ヴァシリー・カシリンも自身で移動し、ぼんやりと仲間たちの動きを真似ていた――すべての行動が、彼らと同じものだった。だが、客車のデッキに上る際に躓《つまず》いてしまった彼を支えようと憲兵が肘を掴むと――ヴァシリーは震えだし、つんざくような悲鳴を上げ、手を引き離した。

「ああ！」

「ヴァーシャ、どうした?」ヴェルナーは彼の元へと駆け出した。

ヴァシリーは黙ったまま、ひどく震えていた。説明してくれた憲兵は当惑し、悲しそうですらあった。

「私は彼を支えようとしたのだが、彼は……」

「行こう、ヴァーシャ、僕が支えるよ」ヴェルナーはそう言って、彼の手を取ろうとした。

しかし、ヴェルナーは手を引き離し、よりいっそうの大声で叫んだ。

「ああ！」

「ヴァーシャ、私だ、ヴェルナーだ」

「知っている。僕に触るな。自分で行く」

そう言って、震え続けながらも彼は自力で客車に入り、隅に坐った。ヴェルナーはムシャへと身を屈め、ヴァシリーに視線を向けながら、小声で訊ねた。

「で、どうだった？」

「まずいわ」ムシャも小声で答えた。「彼はもう亡くなっている。ヴェルナー、答えて、死は存在するの？」

「わからないな、ムシャ、だが、私はないと思っている」ヴェルナーは慎重に、真剣な口調で答えた。

「私もそう思っているわ。でも、彼は？　私は馬車で彼と一緒にいて苦しかった。まるで死者と同乗しているみたいだったわ」

「わからないな、ムシャ。もしかすると、ある種の人にとっては、死は存在するのかもしれない。今も、これからも存在しないのだが。昔は僕にも存在していた。だが、今は、死は存在しない」

青白くなっていたムシャの頬が紅潮した。

「昔はそうだったの、ヴェルナー？　存在したの？」

「存在した。だが、今は違う。君のようにね」

客車のドアのところから、音が聞こえてきた。大きな音を立てて踵を打ち鳴らし、呼吸音が聞こえるほどの息をして、唾を吐きながらジプシーのミーシカが入ってきたのだ。彼は目をきょろきょろさせ、強情にも立ち止まった。

「ここに空席はないみたいだぜ、憲兵さん！」疲れ切った彼は怒って、様子を見ていた憲兵に叫んだ。「無料で坐らせてくれよ、そうじゃなきゃ行かないぜ、ここに灯りを掛けておいてくれよ。馬車もそうだ、ろくでなしども――あれが馬車か？　悪魔の内臓だぜ、ありゃ、馬車じゃない！」

しかし、突然、頭を曲げ、首を伸ばすと、そのまま他の人々のところへと進んでいった。ボロボロの髪と髭の間から覗く彼の瞳は、野蛮で鋭く、いくらか理性を失ったような表情をしていた。

「おや！　紳士方！」彼は手を伸ばした。「これは、これは。こんにちは、旦那様」

彼はヴェルナーに手を突き出すと、彼の向かいに坐った。そして、彼に身を寄せると、片目で目配せし、素早く首をなでた。

「同じですか、え？」

「同じです！」ヴェルナーは微笑んだ。

「本当に、全員が、ですか？」

「全員が、です」

「おお！」ジプシーは歯を剥き出しにして、素早く視線を全員に送り、ムシャとヤンソンのところで一瞬より少し長く、目を止めた。そして、もう一度、ヴェルナーに目配せをした。

「大臣のやつですか？」

「大臣を狙っていました。あなたは？」

「私はね、旦那、別件ですよ。どうやって大臣までたどり着きますやら！　私はね、旦那、人殺しですよ、それが私です。ろくでなし。大丈夫ですよ、旦那、席を詰めてくださいな、自分から人殺しの仲間になったわけじゃないんですぜ。あの世には、みんなの場所がありますさ」

彼はおずおずと、くしゃくしゃの髪の下から、訝《いぶか》しげな眼で、さっと全員を見回した。しかし、誰も彼もが彼のことを黙ったまま見ており、その真剣な表情には、明らかな同情さえ浮かんでいた。歯を剥き出しにした彼は、ヴェルナーの膝を素早く何回か叩いた。

「その通りでしょ、旦那！　歌にもありますね。音を立てないで、母なる、緑の樫の森よってね」

「なぜ、君は旦那なんて呼ぶんだい、僕たちはみんな……」

「確かに」ジプシーは喜んで賛成した。「私と並んで吊るされるって言うのに、何が旦那だって話ですな！　そら、あの人が今は旦那だ！」彼は黙っている憲兵を指差した。「おや、あなた方のこの人は、私たちにも引けを取らないようですな」彼は視線でヴァシリーを指した。「旦那、旦那、怖いですかい、ええ？」

「大丈夫」と彼は固くなって、回らない舌で答えた。

「ここまで来て、なにが大丈夫ですか。恥ずかしがらないで、恥ずかしいことなんて、なにもありゃしません。私は、首を吊るされるために、尻尾をふって歯を剥き出しにしている犬ですよ、あんたは人間でしょ？　それでこのうすのろは？　あんたがたのところの者じゃないでしょ？」

彼はしゅーしゅーと音を立て、湧いてくる甘い唾液を絶えず吐きながら、素早く視線を移した。不動の塊となって隅の方に縮こまっていたヤンソンは、みすぼらしい毛皮の帽子の翼をかすかに動かしたが、何も答えなかった。代わりにヴェルナーが答えた。

「主人を刺したんだよ」

「神よ！」ジプシーは驚愕した。「人を刺すなんて、許されることかね！」

ジプシーはもう長いことムシャを横目で見ていたが、今度は素早く振り向き、鋭く、まっすぐに彼女を見つめた。

「お嬢さん、お嬢さん！　あんたどうしたんです？　頬を染めて、笑っているけど。見てくれ、この娘は本当に笑っているぞ」彼は鉄のように鋭い指で、ヴェルナーの膝を掴んだ。

「見てくれ、見てくれって！」

頬を紅潮させ、いくらか当惑したような笑みを浮かべたムシャも、彼の鋭く、いくらか狂気じみた、重苦しく、荒々しく問いかけるような瞳を見つめていた。

皆、押し黙ってしまった。

車輪が小刻みに、てきぱきと音を立て、小さな客車は狭いレールの上を飛び跳ね、ひたむきに走っていく。機関車はカーブや踏切で、ひたむきな汽笛を断続的に鳴らす——運転手が誰かを轢いてしまわないか、と恐れているのだ。人を吊るすということは、これほど多くの普通の人々の正確さや努力、実務能力によって行われており、この世で最も狂気じみた行いは、これほど単純で合理的な姿で行われているのだと考えることは、途方もないことだった。客車は走り、その中にはいつものように人々が坐り、いつも運行しているように運転されていた。そして、〈電車は五分後に停車します〉と言って、いつものように停車する。

そして、死が——永遠が——大いなる謎が訪れる。

12　護送が終わり

列車は懸命に走っていた。

まさに、この線路沿いのダーチャにセルゲイ・ゴロビンは家族とともに何年か住んでおり、昼も夜もここを通っていたので、この道のことをよく知っていた。瞳を閉じれば、家に帰ったように思える――街にいる友人のところで長居してしまい、終電で家に帰宅するところなのだ。

「もうすぐだ」そう言って、彼は目を開け、鉄格子が嵌《は》め込まれた、何も見えないほどの暗い窓を覗き込んだ。

誰も動かず、答えることもなく、ただ、ジプシーだけが何度も甘い唾を吐いていた。彼は客車中に目を走らせ、窓やドア、兵士たちを触っていた。

「寒い」ヴァシリー・カシリンは本当に凍えてしまったように固くなった唇で言った。唇から出た言葉はこうだ。「はむい」

ターニャ・コヴァルチュクが騒ぎ始めた。

「プラトークよ、首に巻いて。プラトークはとても暖かいわ」

「首?」不意に訊ねたセルゲイは、自分のした質問にぎょっとした。

だが、誰もが同じことを考えていたため、誰も彼の言ったことを聞いてはいなかった――誰も何も言わなかったか、全員が一斉に同じ言葉を言ったみたいに。

「大丈夫だ、ヴァーシャ、これを着けて、ほら、暖かくなる」ヴェルナーが助言し、ヤンソンの方へ振り向くと、優しく訊ねた。

「なぁ、君は寒くないか？」

「ヴェルナー、もしかしたら彼はタバコを吸いたいんじゃない？　ねえ、あなた、もしかして、タバコを吸いたいの？　私たち持っているわよ」ムシャが訊ねた。

「欲しい！」

「彼にタバコをやってくれ、セリョージャ」ヴェルナーは嬉しそうだった。

セルゲイはタバコを取り出した。ヤンソンの指がタバコを取り、マッチが燃え、ヤンソンの口から紫煙が立ち上る様子を全員が愛おしそうに眺めていた。

「ああ、ありがとう」ヤンソンが言った。「おいしい」

「なんて不思議なんだろう！」セルゲイが言った。

「何が不思議なんだ？」ヴェルナーが振り向いた。「何が不思議なんだ？」

「これだよ、タバコ」

彼はタバコを、ごく普通のタバコを、ありふれた生きた指で挟み、まるで恐怖を抱いているかのように、蒼ざめた、驚きの表情でそれを見ていた。全員が細い管を眺めていた。その先端からは、青い帯のような煙が巻き上がり、吐く息に脇へと飛ばされ、灰をためながら黒ずんでいく。消えた。

「消えた」ターニャが言った。

「ああ、消えた」

「なんなんだ、一体全体！」言ったヴェルナーは眉をひそめ、死人のようにタバコを指先にぶら下げているヤンソンを心配そうに見つめた。不意に、ジプシーがさっと振り向き、ヴェルナーへと屈みこんだかと思うと、顔と顔を間近に寄せ、馬のように白目をむいて、ささやいた。

「旦那、どうです、もし、そこの護送隊員を……ねぇ？　試してみますか？」

「必要ない」ヴェルナーも小声で答えた。「最後まで飲み干すさ」

「何のために？　戦った方が楽しいのに、ねぇ？　彼が私に、私が彼に言ったんですよ、自分でどう決めたかも、わかっていませんがね。まるで死んだことがないみたいだ」

「いいや、必要ない」ヴェルナーは言って、ヤンソンに振り向いた。「なあ、君、なんでタバコを吸わないんだ？」

突然、ヤンソンのしなびた顔が哀れなほどに顰《しか》められた。誰かがしわの動きを操る糸を急に引っ張り、すべてのしわが歪んだ線を描いたようだった。そして、夢の中にいるように、ヤンソンは涙もない、乾いた、ほとんどウソ泣きのような、泣き声をあげた。

「タバコ吸いたくない。あう！　あう！　あう！　私に絞首刑の必要はない。ああ、あが、あう！」

彼の周りが忙しく動き始めた。ターニャ・コヴァルチュクは大泣きして、彼を袖口で撫で、みすぼらしい帽子の垂れ下がった翼の位置を直してあげた。

「あなたは私の大切な人よ！　ねえ、泣かないで、そう、私の大切な人なんだから！　ああ、なんてかわいそうな人なんでしょう！」

ムシャは目をそらした。ジプシーは彼女の視線を捕らえ、歯を剥き出しにして笑った。

「変わった御方ですな！　お茶を飲んでも、腹の中は冷たいままなんですから」彼は短く笑って言った。しかし、彼自身の顔も鋳鉄のように青黒くなり、大きな黄色い歯が打ち鳴らされていた。

突然、客車が震えたかと思うと、はっきりと速度を落とした。ヤンソンとカシリンを除いた全員が立ち上がり、全員、すぐにまた坐った。

「駅だ！」セルゲイが言った。

まるで客車からすべての空気が一斉に排出されたように、呼吸が困難になった。膨れ上がった心臓の鼓動が胸を圧迫し、喉を越え、狂ったように広がっていった——血塗れの声が恐怖の悲鳴をあげているのだ。目はガタガタと揺れる床を見下ろし、耳は車輪の回転がどんどんと速度を落としているのを聞いた——滑っている——また回転し出した——そして、突如として動きを止めた。

列車が停車したのだ。

そこで訪れたのは眠りだった。それは恐ろしいものではなく、幻影のような、記憶のない、異質なものだった。夢を見ている者はそこに立ち止まったまま、彼の影だけが肉体を持たないままに動いていき、音もなく何かを語るような、苦しみもないままにする苦悩のようなものだった。夢の中で彼らは客車から降り、二人組に別れ、格別新鮮な、春の森の香りを嗅いでいた。夢の中でもヤンソンは弱々しく、力もなく抵抗したが、護送隊員たちが黙ったまま彼を客車から引きずり出した。

階段を降りていく。

「歩くのか?」誰かの言った声は、ほとんど嬉しそうなほどだった。

「そう遠くない」答えた他の誰かの声も陽気なものだった。

それから彼らは、大きな黒い無言の群衆となって、森の中の、あまり踏み均《なら》されていない、濡れて柔らかな春の道を歩いていった。新鮮で力強い空気が、森や雪から運ばれてきた。足が滑り、時には雪の中に転び、思わず手が仲間を掴む。すると、護送隊員が、大きく、苦しそうに呼吸しながら、左右両側の一塊となった雪の上を歩いてくる。誰かの怒った声が聞こえてきた。

「道を整地しておくことはできなかったのか。雪の上に転んでしまうぞ」

誰かがすまなそうに言い訳をしていた。

「整地はしました、上官殿。ただ、雪解けのため、どうしようもなかったのです」

不完全で、断続的な、奇妙な断片であるが、意識が戻ってきた。すると、突然、思考がてきぱきと確認を始めた。

〈確かに、道を整地することは無理だな〉

すると、またすべてが消え失せ、嗅覚だけが残った。空気や森、溶けた雪の香りは堪えられないほどに鮮烈だった。と、すべてが尋常でないほどに鮮明になった——森や夜、道、そして今、この瞬間にも吊るされるのだという事実も。抑えられた小声の会話が断片的に見え隠れしていた。

「もうすぐ四時です」

「予定より早く出発したと言っていたな」

「五時には明るくなるぞ」

「そうだ、五時だ。では、必要なのは……」

暗闇の中、空き地で立ち止まった。少し離れた場所、まばらで透けて見える冬の木々の向こうに二つのランタンが音もなく揺れていた。あそこに絞首台があるのだ。

「オーバーシューズを失くしてしまったな」セルゲイ・ゴロビンが言った。

「ん？」ヴェルナーは理解できなかった。

「オーバーシューズを失くしたんだ。寒いな」

「ヴァシリーはどこだ？」

「わからない。そら、そこにいるぞ」

ヴァシリーは暗い不動の姿で立っていた。

「ムシャはどこだ?」

「ここよ、これはあなたなの、ヴェルナー?」

彼らは辺りを見回したが、ランタンが静かに、恐ろしいほどはっきりと動いている場所は見ないように努めていた。裸の木々の森の左側は希薄で、何か大きくて白く平らなものを見落としているようだった。湿った風が吹いているのは、そちらからだった。

「海だ」そう言ったセルゲイ・ゴロビンは匂いを嗅ぎ、空気を吸おうと口をぱくつかせていた。「あそこに海があるんだ」

ムシャがよく響く声で反応した。

「私の愛は海のように広い!」

「どうした、ムシャ?」

「私の愛は海のように広く、人生という岸辺には収まりきらないのよ」*

*この台詞はA・K・トルストイの詩「羨望の眼差しには涙が震え……」からの引用。

「私の愛は海のように広い」自分の声色を言葉に合わせながら、セルゲイは考え込みながら繰り返した。

「私の愛は海のように広い……」繰り返していたヴェルナーは、不意に明るく驚きの声をあげた。「ムシカ! 君はまだまだ若いね!」

突然、ヴェルナーの耳のすぐそばで、熱く、苦しげに息をしながらささやくジプシーの声が聞こえた。

「旦那、旦那。こりゃ、森ですかね？　神よ、なんということでしょう！　そして、あれは、ランタンがあるのは、何かつるすものでもあるんで？　あれは何です、え？」

ヴェルナーが見ると、ジプシーは死の直前の憂鬱に疲れ切った様子だった。

「お別れを言わなきゃ……」ターニャ・コヴァルチュクが言った。

「待った、まだ評決を読み上げなきゃならないだろ」ヴェルナーが答えた。「ヤンソンはどこだ？」

ヤンソンは雪の中に横たわり、近くにある何かをいじっていた。不意に強烈なアンモニア臭が匂ってきた。

「こりゃなんだ、先生？　すぐ来てくれますか？」誰かが、もどかしそうに訊ねた。

「なんでもないさ、ただの失神だ。耳を雪でこすってやってくれ。こいつはすぐに起きる、評決を読み上げるぞ」

秘密にしつらえられていたランタンの光が、紙と手袋をしていない白い手に落ちた。白い手の人物ももう一人も、若干震えていた。声も震えている。

「皆さん、もしかすると、この評決は読まない方がいいのかもしれません。皆さん、すでにご存じでしょう？　どうですか？」

「読まないでくれ」全員の代わりにヴェルナーが答えると、ランタンはすぐに消えた。

司祭についても全員が拒否した。ジプシーが言った。

「司祭様が愚か者たちを打ち倒してくれりゃあな。あんたはわたしを許してくれるが、奴らは私を絞首刑にするって言うんだ。来たところに帰んなさい」

というわけで、黒く大きな影は黙ったまま、足早に奥に進んで消えていった。どうやら夜明けが近いようだ。雪はより白く、人々の輪郭はより濃くなり、森はよりまばらで、もの悲しく、飾り気のないものになっていった。

「皆さん、ここからは二人組で行く必要があります。組はあなたたちの望むもので構いません、ただ、急いでいただきたいと思います」

ヴェルナーは二人の憲兵に支えられながらではあるが、立ち上がったヤンソンを指差した。

「私は彼と行きます。セリョージャ、君はヴァシリーを連れて行ってくれ。先に行くんだ」

「わかった」

「私はあなたと一緒ね、ムセチカ?」コヴァルチュクが訊ねた。「それじゃ、キスしましょう」

彼らは素早く口づけを交わした。ジプシーは歯を感じるほどに強く、ヤンソンは半開きになった口で、そっと、しおれた様子で——しかし、彼は何をしているのか、理解できていないようだった。セルゲイ・ゴロビンとカシリンが、すでに数歩離れたところを歩いていたときだった。カシリンが突如として立ち止まり、大声で、はっきりと、しかし全く異質な、聞きなれない声で言った。

「さようなら、みんな！」

「さようなら！」皆、彼に向かって叫んだ。行ってしまった。沈黙。木々の向こうのランタンは不動のまま、止まっていた。叫び声や話し声、何らかの騒音が起きるものと待っていたが——この場所と同じように静かで、黄色いランタンも動くことはなかった。

「ああ、神様！」誰かの荒々しいしゃがれ声がした。辺りを見回すと、死の前の憂鬱によって疲弊したジプシーだった。「吊るされている！」

振り返り、再び沈黙が訪れた。ジプシーは苦しみ、空気を掴もうと、もがいていた。

「何なんだ、これは！　神様、おい？　オレは一人で行くのか？　一緒なら、もっと楽しいだろうな。なあ、おい！　どうなんだ？」

彼は、開いたり、閉じたり、まるで指で遊んでいるような手でヴェルナーを掴んだ。

「旦那、なぁ、おい、オレと一緒に行ってくれないか？　頼むよ、断らないでくれ！」

ヴェルナーは苦悩し、答えた。

「無理だ、私は彼と行くつもりだ」

「ああ、神よ！　独りってことか、つまり。何なんだ、これは！　神よ！」

ムシャが前へと進み出て、静かに言った。

「私と来なさい」

ジプシーは後ずさりして、荒々しく、彼女に白目をむいた。

「お前と？」

「そうよ」

「おやおや。なんて小さな娘っ子だろうよ！　怖くないのかい？　オレは一人の方がいいのさ。あれはなんだろうな！」

「いいえ、怖くないわ」

ジプシーは歯を剥き出しにして笑った。

「おいおい！　オレは強盗だぜ。軽蔑するだろう？　だったら、一緒に行かない方がいい。お前に腹を立てたくないんだ」

ムシャは何も言わなかった。夜明けの弱々しい照り返しが彼女の顔を青白い、謎めいたものにしていた。突然、ジプシーにサッと歩み寄ったかと思うと、その腕で彼の首を抱き、彼の唇に強く口づけをした。彼は指で彼女の肩を掴み、自分から突き放すと、揺さぶり——そして、大きな音で舌を鳴らし、唇や鼻、目に口づけをした。

「行こう！」

突然、どういうわけか、近くにいた兵士がよろめいて手を放し、銃を落としてしまった。しかし、屈んで拾おうともせず、しばらく不動の姿勢で立っていたかと思うと、急に向きを変え、目が見えなくなったかのように、森の中の一塊になった雪の上を歩いていった。

「どこへ行くんだ？」もう一人はうろたえて、ささやいた。「止まれ！」

しかし、兵士は依然として黙ったまま、苦しそうに深雪の中を這っていた。何かを見つけたように、腕を振り、俯《うつぶ》せになっている。そんな風に、俯せのままだ。

「銃を持てよ、毛がよれているぞ！　さもなきゃ、俺が拾ってやろうか！」ジプシーは威嚇するように言った。「務めというものを知らんな！」

再びランタンが忙しそうに動き出した。ヴェルナーとヤンソンの番が来たのだ。

「さようなら、旦那！」ジプシーは大声で言った。「あの世でも知り合いになりましょうぜ。見つけても、目をそらさないでくださいよ。そうだ、水を飲みたくなったら、持ってきてくださいーーあっちは、私には暑いところでしょうから」

「さようなら」

「私は望んでない」ヤンソンはうなだれて言った。

しかし、ヴェルナーが彼の腕を取ると、このエストニア人は数歩ほど自分で歩いた。それから、どうやら彼は立ち止まって、雪の中に倒れこんだようだった。屈みこんだ人々が彼を持ち上げて運んでいった。彼は抱えられた腕の中で、弱々しく踠《もが》いていた。なぜ彼は叫ばないのだろう？　おそらく、自分に声があるなんて忘れてしまったのだろう。

そして、再び黄色いランタンは止まり、動かなくなった。

「じゃあ、私は一人ってことね、ムセチカ」ターニャ・コヴァルチュクは悲しげに言った。「私達、一緒に生きてきたけど、もう……」

「ターニャ、大事な……」

しかし、ジプシーが割り込んできた。彼女を取られるのではないか、とまだ恐れるようにムシャの腕をつかみ、彼は、早口にテキパキと話し始めた。

「ああ、お嬢さん！ あんたは一人でいいだろ、あんたの魂はきれいだ、どこに行こうと一人で大丈夫だ。わかるか？ でも、オレはダメなんだ。オレは強盗だから……わかるかい？ オレは一人じゃだめなんだよ。どこに行こうと強盗だと言われるんだ。だって、オレは馬を盗んだから、おお神よ！ オレは彼女といると、なにか……なにか幼子と一緒にいるように思えるんだ、わかるだろ。わかってくれるよな？」

「わかるわ。さあ、行って。もう一度あんたにキスさせて、ムセチカ」

「ああ、どうぞ、どうぞ」女たちを励ますように、ジプシーは言った。「それは、あんたたちのやることだ、きちんとした別れをするべきだ」

ムシャとジプシーは歩き出した。女は慎重に、足を滑らせながら、習慣的にスカートを持ち上げていた。男は女の腕をしっかり掴み、用心して足で道を探りながら、彼女を死へと導いていった。

灯りが静止した。ターニャ・コヴァルチュクの周囲は人もなく、静かになった。兵士たちは口をつぐみ、一日が始まる無色の静かな世界ですべてが灰色になっていた。

「私は一人」不意にターニャ・コヴァルチュクが語り始めた。「セリョージャは死んだ、ヴェルナーも、ヴァシリーも死んだ。私は一人。兵士さん、兵士さん、私は一人。一人……」


海の上には太陽が昇っていた。

死体は箱の中に収められた。箱が運ばれていく。首を伸ばし、狂ったように目を剝き出し、腫れて青い舌は見たことのないような恐ろしい色で、血の泡で濡れた唇の間から飛び出していた——死体たちは、生きていた頃、自身の足で歩いてきたのと同じ道を戻っていった。春の雪も先ほどと同じように柔らかく、かぐわしい、春の空気も新鮮で、力強かった。セルゲイが失くした、履き古したオーバーシューズは雪の中に浮かぶ黒い点になっていた。

こうして人々は朝日を迎えたのだった。

附録　**私は棺の中から話している**　「七人の死刑囚」草稿版より

ヴェルナーが作成したこの原稿は即座に審査を受けたが、何らかの事実的資料でもなかったため、放置され、〈五名〉についての判決文に添付されることとなった。

一見したところ、原稿は急ピッチに、興奮した状態で書かれていたようだ。筆跡は文字の間隔が広い思い切ったものになっており、それぞれの単語や文字はまだ輪郭の硬さを残しているが、しばしば崩れ、非常に判読しにくい、一方に傾いた走り書きになっている。いくつかの単語は終わりまで綴《つづ》り切られておらず、それ以外の単語は大きく、はっきりと、ことさらにくっきりと書かれている。手紙のかなりの部分は、結末の近くまで理解できるものではなく――強調や挿入、未完成の単語は、意味のない、汚いインクの混沌となっている。

以下がその原稿である。

〈宣言

私はヴェルナーと呼ばれる身元不明人であり、キリストの降誕から（キリストの降誕という言葉は一旦消され、もう一度記載されている）一九〇八年三月二〇日金曜日に絞首刑を宣告された――この原稿は、死刑は、いついかなる条件、状況でも人間社会にあってはならないものである、ということを人々に理解していただきたいと懇願するものである。

私を憐れまないでいただきたい。私はいつでも死に対して覚悟が出来ていたし、死刑とは何であるかを理解した今、喜びと必然を感じながら、人生に別れを告げる所存である。私は人々の中にある真実を理解し、発見したが、それは以前生きていたようには、もう生きられないものだった。しかし、私はこれ以外の生き方を知らない。私は人間の脳髄は小さく、鉄の檻の中に閉じ込められており、出口はないのだと、理解し、発見した。私は悟ったのだ、すべての人間は喋ることもできず、話す舌も持たず、彼らが言語と名付けたものは普遍的な欺瞞にしか用をなすものではなく、そのため、その瞳で語り、理解し合う獣よりも劣悪な生活を送っているのだ、と。私は悟ったのだ、すべての人間は目も見えず、耳も聞こえず、目も耳もなく、彼らが視覚だとか聴覚と名付けているものは普遍的な欺瞞なのだ、と。そのためすべての人間は真実の墓場であり、人々の間に流れているものは嘘以外の何物でもない。だから、彼らは人生を見ても、人生が何であるかを知らない。死を見ても理解できず、人を見ても何が人間なのか、理解できないのだ。

急がなければ。私の理解によれば、私はもうじき正気を失うだろう。そうなれば、私は私の中にある真実を理解することもできなくなる。その真実とは、私、つまり人間を裁くことはできないというものだ。

私は今、刑務所にいるが、もし私が悲鳴を上げても、耳を傾ける者はいないだろうし、もしかすると、看守がやって来て、悲鳴を上げないように、私の口にぼろきれを押し込むかもしれない。しかし、私が広場にいて同じように叫び声をあげたとしても、誰も私の叫びを聞く者はいないだろうし、騒音の廉《かど》で再び刑務所に入れられるかもしれない。であれば、広場も刑務所も違いはないと言える。君たちに何故、死刑はあってはならないのか説明したかったのだが、今は、そんな意味があるのだろうかと考えている。なにせ、どちらにせよ、あなたたちは聞いていないだろうから。棺の中の死者たちもこんな風に叫んでいるということも大いにありうるが、誰が聞いているというのだ？　だから彼らは腐っていくのだろう。私は生きているが、死者だったのだ——まあ、聞いてくれ——私は棺の中から話しているのだ。ただ、私の原稿はトイレに流したりしないで、燃やすか破り捨てておいてくれ。

だが、もしかすると、人間なんてそもそも存在しないのかもしれない、これは私の想像に過ぎないのかも。時計の鐘が鳴ると……

（ここからの数行がインクでびっしりと塗り潰されている）

殺戮と処刑はまったく違う、ひどいほどの差異がある。殺戮はどこにでもあるが、処刑が行われるのは人の間のみであり、これは人の所業の中で、世界で最も恐ろしいものである。私としては、殺されようが、チフスや老衰で死のうがまったく変わりはない。なぜなら、私は死ぬまで自分が死んだということが分からないからだ。私が病で死にそうになって、熱と病でその状態になると言われても、私はその言葉を信じず、死ぬまで自分の死というものが分からないままでいるだろう。今の私は、熱も病もないが、十時間後には死ぬことを知っている。こんなことはあり得ない。全ての時計を破壊し、朝日が昇るのを止めなくてはならない。いずれにしても、処刑前の人は——実地の意見として、強く推すが——二か月間は完全なる暗闇の中で、時計の音も完全に聞こえない分厚い壁の中に閉じ込めておく必要があるだろう。いや、私の思考は混乱しているようだ。そんなことは何の役にも立たない。人間は脈拍を測って時間を知ることができる。朝日が昇るのを止めなければ。

（ここから先は線が引かれ、消されている）

あなたたちは私の脳をこじ開けた。私の思考を生と死という二つの深淵が同時に口を開けている先端に置いたのだ。

（ここから先、再び線が引かれている。何度か登場する〈二つの深淵〉という言葉だけが唯一判別できた。ここから先の文字はどんどんと右に傾いていき、最後にはほとんど横向きになっていた）

私は地球の回転する音を聞いている。地球がどれほど早く回転し、その表面を夜の黒い影が走り去っていき、私のいる側面へと太陽を近づけていく。地球が無関係なものなのかどうか、それを知ることが重要だ。熱気球のような驚くべき速度で疾走し、私は眩暈を起こしそうだ。地球よ、あなたは私を受け入れなければ。私とあなたは無関係ではないはずだ。

奇妙だ。聴覚を失ってしまったようだ。今、男が入ってきて、長い間口を動かしていたが、私には何も聞こえなかった。その後、聞き取ったというより推測したという感じだが――それほど彼の言葉は聞き取り難く、不明瞭だった。どうやら彼は叫んでいるようだったが――時間が来た、と言っていたようだ。

私とは、なんだ？　私は何だ？　彼が再び来て、一時間経ったと告げられたが、私はまだこの四行しか書いていない。私は死刑があってはならないのだと、あなたたちに説明しなければならないのに、あってはならないのだ、あってはならない……

あなたたちは私の頭をこじ開けた。あなたたちのその磔《はりつけ》に対する愛着はどこから来ているのだ――あなたたちは私の思考を磔にしたのだ。おお、ヴェルナー、お前にあるのは頭ではない、太鼓だ。彼らはお前の思考を磔にし、そこに皮を張って、自分たちの拳で叩いているのだ。ドン、ドン、ドン、ドン！

人間よ、お前は偉大な道化だ。お前は隣人の脳髄を奪い、それを革のように、ぴんと張って、その太鼓を拳で叩くのだ。ドン、ドン、ドン！

ここだ、はやく！　ここに偉大な道化がいるぞ、最も素晴らしく、最も機知に富んだ道化だ。ドン、ドン、ドン！　これがロバの革とお思いか？　いいや、人間の脳髄をぴんと張って太鼓に仕立てたもので、私は憎しみを込めて、叩いているのさ、ドン、ドン、ドン！　毎日、朝と夕に公演しているよ！　ご婦人とお子様は無料だよ！　ご婦人とお子様はどうぞこちらへ――あなたたちは無料だよ！　私がおどけた醜悪面を作って、舌を突きだし、両手を上げ――太鼓を叩き――それを破ってしまっても、あなたたちは思う存分笑ってください！

これが人間の脳髄だと、誰が言った？　これはロバの革さ、なめしたロバの革を鉄の箍《たが》にぴんと張ったのさ。もし、これが引き裂かれたら、そこに空虚が現れるだろう。道化よ、気を付けるのだな、強く叩いてはいけない、そこには空虚がある。そこには空虚が。

（ここから先は、強く強烈な取り消し線が引かれ、羽ペンによって薄い灰色紙は破られていた。これ以降の筆跡は硬く、文字はまっすぐな整然としたものになっていた）

いや、私は最後の言葉を彼らには言うつもりはない――君たち、親愛なる私の仲間に言うのだ。ムシャ、君だ、セルゲイ、君だ、哀れなヴァーシャ、君だ、ターニャ、君に言うんだ！　明日は君たちに何も言うつもりはない。無益で残酷な愛情で君たちを苦しめたくないのだ。君たちは私が書いたものを読むことも知ることも決してないだろうが――この死んだ紙の上に、たとえ一瞬であれ、私の言葉を蘇らせてくれ。誰が知ろう？　もしかすると、この言葉たちがあなたたちの心に届くかもしれない。親愛なる私の仲間たちよ、私は君たちが大好きだ。以前の私、愚かなヴェルナーであれば、処刑が何かも理解できず、死は死だ、と考え、君たちを惜しむこともなかったろう。今、私はそれが何なのか理解した、だから、君たちが大好きだ。そして、ひどく、ひどく君たちが残念でならない。生きることが恐ろしくないなら、君たちは生きるべきなのだ――親愛なる私の仲間たちよ、私たちは死に向かうのだが。私は君たちを慰めたくないが、誰が知ろう？　私自身、わからないのだ――もしかすると、地球は私達のためにあり、異質なものではないのかもしれない。彼らが私の頭をこじ開けたせいで、私の頭が少しおかしくなっているからか、死の頂点に立ち、一目で生涯を見渡すことができ――それが醜悪で、悪夢のように思えるからか。しかし、それも終わる、この夢も、絞首台と執行人も、狂気も、野蛮な道化も――そして、目覚めが訪れるのだ。

　それとも、もしかすると死は生と同じく醜悪で悪夢のようなものかもしれない。もしくは生でも死でもない、私たちの知らない第三のものが、私たちの偉大で、もの悲しい道程《みちのり》の果てに待っているのだろうか？　誰が知ろう、いや、誰も知るまい！　私たちの前には次のステップが開かれている。それは私達を上へ、天国へと連れていくのか、それとも下へ、地獄へと連れていくのか――私たち皆、明日それを知るのだ……

　さようなら、親愛なる私の仲間たち。

　彼らが来た。処刑しないでくれ！　しょ……〉

一九〇八年三月一六日

アンドレーエフは、最終版にてこの文章を除外し、代わりに「12　護送が終わり」を採用した。

＊

この翻訳は Художественная литература から出版された全集「Собрание сочинений в шести томах」を底本とし、作成しました。「紅の笑み」は第二巻（一九〇四〜一九〇七）より、「七人の死刑囚」および附録「私は棺の中から話している」は第三巻（一九〇八〜一九一〇）を参考にしています。

訳者あとがき

本書に収録した「紅の笑み」と「七人の死刑囚」はロシアの作家レオニード・アンドレーエフの著作の中で、もっとも代表的なものと言える作品です。ロシア以外でもH・P・ラヴクラフトの蔵書の中には、この二作品があったと言われます。「紅の笑み」の邦訳は二葉亭四迷が「血笑記」として訳出したこともあり、日本でも比較的知られた作品と言えるでしょう。

しかし、「紅の笑み」は二葉亭以後は訳されることがなく、「七人の死刑囚」も日本では一度翻訳されたのみで、古書がたまに見られる程度です。

どうしてこのようなことが起きたのか、このあとがきでは作品解説をしつつ、訳者なりにこの問題について考えてみたいと思います。

注意！　ここから先は、作品の内容について触れる部分があります。先入観なしに作品を読みたい方はまず本文からお読みください。ただし、精神的に不調な方や落ち込んでいる方は、この「あとがき」を読んで心の準備をしておくことをお薦めします。アンドレーエフの作品は、その世界観を読者に感染させます、くれぐれもご注意を。

はじめに二つの作品のあらすじを簡単に示しておきましょう。
「紅の笑み」は戦場をさまよう将校が描かれた前篇（第一章）と、将校の死後、弟の視点で過去の思い出や進行していく戦争について語られていく後篇（第二章）から成り立つ作品です。
前篇では、戦場という過酷な環境下で、敵味方問わず次々に精神に異常をきたしていく人々が描かれており、将校は、その原因を「紅の笑み」であると考え始めます。後篇で弟は兄の将校が言っていた「紅の笑み」を感じながら日常を過ごすのですが、戦争の激化に伴って悪夢の割合が増していきます。

「七人の死刑囚」はロシア帝政末期、大臣の暗殺を計画していた五人のテロリストと二人の死刑囚が死刑を執行されるまでの物語です。若い元陸軍将校のセルゲイは顔色一つ変えず、死刑を待ち、一番年下のムシャは青白い顔をしながらも、胸に炎を秘めています。ヴェルナーは無表情な顔の奥に無限の勇気を隠し、ヴァシリーは恐怖に堪え、脂汗を流し、震えていました。ターニャは絶えず他人のことを気にかけ、農夫ヤンソンは弱々しく死刑を拒否し、強盗のミハイルは軽口を叩きます。この七人の刑が同じ日に執行されることになり、二人一組となり、それぞれの思いを抱きながら絞首台に向かっていきます。

それぞれの作品の発表年は「紅の笑み」が一九〇四年、「七人の死刑囚」が一九〇八年です。この時代、ロシアでは悲観主義が流行していました。一八八一年にはアレクサンドル二世が暗殺され、その暗殺事件にユダヤ人が関わったとして「ポグロム」が発生。一九〇五年の日本との戦争では敗戦し、人々の不満はますます募っていきました。人々が悲観的になるのも無理はありません。こうした流行はアンドレーエフの悲観的な作風を歓迎するものでしたが、同時にその悲観的な現実からの出口を提示するものではありませんでした。

アンドレーエフはロシアにおける表現主義の第一人者とされています。その作風は時に登場人物が精神に異常をきたしたのかと思うほどに現実を誇張し、重複表現や最上級表現を多用することで登場人物の感情を誇張するものです。それは読者を自らの世界観に感染させるためのあらゆる表現手段を使用する過剰な努力に基づくものと言えるでしょう。こうしたアンドレーエフの作風は共感されると同時に、救いを求める実際的な思考には幻滅されてしまうのです。

例えば、ロシア革命を代表する作家であるゴーリキーはデビュー以来、アンドレーエフを支援してきました。しかし、「七人の死刑囚」について、彼は「革命を行う者にとって、死刑はこれほど注目されるものではない」と批判しています。この時期から、二人は、作風の違いから徐々に袂を分かつことになります。

また、作家の表現主義的な作風を批判していたのは、革命的な作家だけではありません。アンドレーエフは長年、レフ・トルストイのことを敬愛していました。「七人の死刑囚」もレフ・トルストイの「黙ってはいられない」に書かれた死刑反対に呼応して書かれたことが知られています。しかし、トルストイの私設秘書だったグーセフによると、トルストイは「七人の死刑囚」について、「まったくの嘘っぱち」「死刑囚の元を母親が訪ねるという多くの作家は取り上げないような不謹慎な」作品と痛烈に批判しています。トルストイにとって、アンドレーエフの誇張した感情は現実離れして見えたのでしょう。

こうして二人の先輩作家に批判されたアンドレーエフは、作品の受容においても瑕疵があるかのように避けられることになったわけです。

ここで、目線を海外に向けてみましょう。

アメリカではアンドレーエフは「ロシアのエドガー・アラン・ポー」と呼ばれています。先ほど触れたH・P・ラヴクラフトはその蔵書の中に作品があるほどですし、「英雄コナン」シリーズで知られるロバート・E・ハワードも全世界の文学の中で最も力強い作家の一人にアンドレーエフを挙げています。

ここからは訳者の推測にすぎないのですが、ラヴクラフトもハワードも、おそらく雑誌『ウィアード・テイルズ』によってアンドレーエフを知ったと思われます。一九一〇～二〇年代のアメリカではエドガー・アラン・ポーが再発見され、熱狂的に迎えられていました。その中で、ロシアのポーと呼ばれたアンドレーエフも一九二三年創刊の『ウィアード・テイルズ』で紹介されています。二人の作家は執筆していた雑誌に掲載された作品を読み、アンドレーエフの作品に触れたということでしょう。

ロシア国内では受け入れられなかったアンドレーエフの表現主義が、エドガー・アラン・ポーによって土壌が作られていたアメリカでは広く受け入れられたのです。

また、挙げられているアメリカの作家を見ていくと、ホラー小説という共通点が見えてきます。H・P・ラヴクラフトやロバート・E・ハワードは言うに及ばず、エドガー・アラン・ポーも「黒猫」や「アッシャー家の崩壊」といった上質なゴシックホラーを書いています。

以上のことから、本書に収録した二作品が純文学として読むことも十分可能ですが、同様にホラー作品として読むこともまた可能だということを示しているかと思われます。

この視点から、少しばかり二作品を見てみましょう。

「紅の笑み」は戦争という極限状況にある人間の心理が描かれていますが、「紅の笑み」という、恐怖が感染していく世界という観点から見ると、正体不明の存在によって日常が不気味に侵食されていく様子が描かれていることに気がつくでしょう。

また、「七人の死刑囚」では死自体が恐怖の対象ではなく、死を宣告され、可視化されてしまったことによる恐怖が描かれています。死という巨大な概念によって、日常の虚飾は剥がされてしまい、剝き出しの人間性が露出していきます。中には虚飾がなくなったことで、初めて人間らしく仲間に接することができるようになった者もいます。こうした恐怖による人間性の露出はホラーの醍醐味とも言えるのではないでしょうか。

アンドレーエフはまだまだ解釈の可能性が豊富に残されている作家です。また、紹介されていない作品も多数あります。本書によって少しでもアンドレーエフの可能性を感じていただければ、幸いです。

最後になりましたが、お世話になりました未知谷の飯島徹氏に心からの感謝を送らせていただきます。

二〇二四年一〇月二一日

徳弘康好

Леонид Николаевич Андреев

（1871 年 8 月 21 日～ 1919 年 9 月 12 日）

ロシア銀の時代を代表する作家の一人。短篇小説や長編小説以外に戯曲も執筆し、多彩な才能を発揮するが、その悲観的な作風は革命を志す作家たちからは批判されることもあった。他方、アメリカではロシアのエドガー・アラン・ポーとして、ロシアの表現主義の父と目されている。

とくひろ やすよし

大学時代、恩師であるカザケーヴィチ先生に出会い、ロシア文学に触れる。
東京大学大学院にて、さらにロシア文学を学ぶ。大学院を修了後もロシア文学の面白さを伝えるため、仕事のかたわら、翻訳を発表している。

紅《くれない》の笑《え》み・七人《しちにん》の死刑囚《しけいしゅう》

二〇二四年十二月 五 日印刷
二〇二四年十二月二十日発行

著者 レオニード・アンドレーエフ
訳者 徳弘康好
発行者 飯島徹
発行所 未知谷
東京都千代田区神田猿楽町二 - 五 - 九
〒一〇一 - 〇〇六四
Tel.03-5281-3751 ／ Fax.03-5281-3752
[振替] 00130-4-653627

組版 柏木薫
印刷 モリモト印刷
製本 牧製本

Publisher Michitani Co. Ltd., Tokyo
ISBN978-4-89642-743-1 C0097